最美的遇见

主编
高惠燕
刘伟
王海兰

山东教育出版社
·济南·

图书在版编目（CIP）数据

最美的遇见 / 高惠燕，刘伟，王海兰主编. —济南：山东教育出版社，2018（2024.9重印）
ISBN 978-7-5701-0432-1

Ⅰ. ①最… Ⅱ. ①高… ②刘… ③王… Ⅲ. ①故事 - 作品集 - 中国 - 当代 Ⅳ. ①I247.81

中国版本图书馆CIP数据核字（2018）第230562号

责任编辑：周红心
书籍设计：吴江楠

ZUIMEI DE YUJIAN

最美的遇见

高惠燕　刘　伟　王海兰　主编

主管单位：山东出版传媒股份有限公司
出版发行：山东教育出版社
地址：济南市纬一路321号　邮编：250001
电话：（0531）82092660　网址：www.sjs.com.cn
印　　刷：山东华立印务有限公司
版　　次：2018 年 10 月第 1 版
印　　次：2024 年 9 月第 2 次印刷
开　　本：710 毫米 × 1000 毫米　1/16
印　　张：16.75
字　　数：335 千
定　　价：69.80 元

目录

第三辑 麦田里的守望者

第四辑 互赠

第五辑 人生，因你而改变

第六辑　与你同行

附录

序言一　人生最美的遇见

张志勇

著名歌手韦唯的一曲《爱的奉献》，唱出了人世间最美好的人性的光辉：只要人人都献出一点爱，这个世界将变得更加美好！

教育是特别需要爱的事业！教育资源永远是一种短缺的公共资源，尤其需要社会各界的奉献。

在我曾经担任的各种学会职务中，有一个职务是我引以为傲的，这就是山东教师教育学会教育志愿者协会会长。2014年，为了帮助欠发达地区的乡村教育，山东省教育厅组织发起了“山东省农村义务教育薄弱学科教师技能培训”志愿者支教工作。我们通过山东教师教育学会注册招募教育志愿者，号召全省齐鲁名师、特级教师、骨干教师积极参加。一时间，参与注册的优秀教师达到了四五千人。最初，我们启动了乡村英语、音乐、美术三个教师专业成长项目，项目的志愿服务周期为一年。这些志愿者每两周一次登门来到乡村教师中间进行手把手的教研培训活动，有效地促进了乡村教师的专业成长。

30多年来，山东省实验中学高惠燕老师一直坚守在教学一线，年近50岁的她参加了英语学科乡村教师支教项目。在郓城县支教现场，我们有了一次最美的相遇：一个身躯瘦弱、看起来需要别人帮助的人，却一直在努力帮助别人。她利用工作之余，前往菏泽郓城、济南商河及平阴等地，与当地乡村英语教师交流，分享自己的教学经验。支教期间，她切身感受到农村教育存在许多问题，特别是农村留守儿童的教育问题亟待解决。2015年在商河县支教时，当地的农村教育现状再次促使她认真地思考："除了支教，我还能做些什么？"基于为乡村教育做些什么的强烈愿望，2016年2月，高老师联合几位教育志愿者建立了"天涯海角心连心助读团队"。由此，活跃在济南周边县（市）乡村的一支教育志愿服务团队诞生了。参加高老师助读团队志愿服务的有教育专家、中小学一线优秀教师、高校教师、高中生、大学生等。

"天涯海角心连心助读团队"提供的是一种公益服务，主要是利用周末、平时放学后的时间，引导农村小学生好好读书、健康读书，进而把素质教育的理念灌输进去。在助读的过程中，提倡学生家长全程参与，引导其一起养成良好的阅读习惯，同时也帮助孩子和家长在阅读中实现良性互动。其活动特点是将捐书、助读结合起来，帮助乡村学校建立班级图书馆和乡村爱心书屋，旨在通过推广引领阅读、培养终身读者来重建现实世界，改善教育生态和社会环境，从而推动提升全民素质。

"天涯海角心连心助读团队"通过系列讲座和指导阅读，改变农村小学教师的教育理念，助力提升了教育教学质量和教育水平；通过系列家长讲座和家访活动，培养家长的教育意识和家庭教育力；通过走进课堂指导学生阅读，开阔其视野，培育其性格，培养其习惯；通过读书活动，帮助改善家长与孩子的关系、老师与学生的关系、学校与家长的关系；通过爱心书屋和阅读共同体活动，改善教育生态，促进村民关系改善和社会环境改变；倡导构建书香家庭、书香校园和书香社区，开发适合农村小学课外学习的特色课程，如"故事分享""生活英语""共同聊书"等。

经过40年的改革开放，我国教育事业取得了巨大的成就，人民群众对美好的教育生活的向往与教育发展的不平衡不充分之间的矛盾，成为我国教育事业改革发展面临的主要矛盾。这里的不平衡是城乡教育不平衡，这里的不充分是农村教育发展不充分。振兴乡村教育、推进城乡义务教育一体化发展，固然是各级政府的基本职责，也需要全社会的共同努力。高老师和她的助读团队凭着对农村留守儿童的热爱和对教育事业的执着，历经几年时间的摸索和实践，把助读做成了一项系统工程，并且持之以恒地坚持了下来，非常不容易。

摆在我面前的，是教育志愿者用爱心写就的一本小书。选文大多是参加助读活动的高中生们写的参加助读活动的纪实和反思。

透过高中生们朴实无华的文字，我们真切地感受到了乡村孩子们的纯朴善良——

> 他们也谈起自己的理想：有的想当教书育人的老师，有的想做救死扶伤的医生，还有的想开养老院……

> 他问我大猩猩是否会打人，我说不会的，动物是很友好的；他突然压低声音问“人会打大猩猩吗”，我顿时有点不知所措，告诉他，有的坏人会，但更多的是去保护大猩猩的人。他用亮晶晶的眼睛看着我，说：“我们不要打大猩猩，它们会疼的，我们要保护它们。”我的眼眶忽然湿润了……

> 临走时，问他们希望下次能带来什么，大部分孩子都想要新的图书，几个女孩悄悄告诉我想要粉色的书包和文具盒。他们提到图书时眼睛里的渴望，又一次深深地感动了我。

透过高中生们朴实无华的文字，我们看到了助读者们的成长进步，看到了他们的良知和社会责任感的唤醒——

虽然一名支教者的能力有限、作用有限，可支教本身就是一种爱的影响、爱的传播。相信这种奉献精神也会影响当地的孩子，影响我们身边的人。

比较惭愧的是，我这个提前准备的反而没有临场发挥的子跃说得好，看来以后的确得好好加强语言表达、临场应变等方面的训练了……

比起第一次来，这一次的我已经少了几分慌乱与紧张，多了几分自信与沉着。回想起课堂上小朋友们一双双求知若渴的眼睛，身为一名助读者的责任感愈发强烈；看到他们的进步，更是由衷地感到高兴。

其实对我来说，每一次支教都是不可多得的机会。因为我能在与孩子们交流的过程中感受到他们那种发自心底的快乐，不仅是活动带来的，更多的是读到好书带来的。而且，我们这些高中生通过活动可以锻炼语言表达、人际交往能力。参与活动的各方都是受益者，何乐而不为呢？

我在他们这个年龄时已经开始接触好多科学知识，然而在当今中国的一些贫困地方，还有许多孩子没有条件接触这些内容。或许他们会对生活中的一些现象感到惊奇，却没有人引导他们进一步探究；他们明明可以发挥自己的聪明才智，却无奈地被杂草遮挡。倘若有人能给予他们以科学知识的启蒙，给予他们以星星之火，谁都无法想象会形成怎样的燎原之势。

如果可以的话，长大了，我也会一直坚持支教。这些孩子们不应该止步于小山村，他们有权利去到更为广阔的天地。我们就是他们背后的助力。

当第一次掌声响起、第一次有同学叫我大姐姐时，我似乎明白了助读对于我们双方的不同意义。对于我们来说，助读更多的是一次社会实践，或者说是一次体验生活；然而，对于书籍相对匮乏的小同学来说，助读是他们阅读的重要渠道。如果他们真的可以通过读书改变自己的命运，那该多好！

帮助别人，无疑是人生的一大幸福。对于助读者来说，收获到的不仅有新奇和快乐，更有幸福与责任。

读书不仅仅是给人知识，更是教会人们了解世界、思考人生。对这些孩子来说，读书是他们了解外界的最佳途径。他们并不是不想读书，而是这个环境给他们的机会太少。也是从那一刻起我发现：如果自己能为别人的生命带去哪怕微不足道的积极影响，也是十分美好的事情。

也许他们中的不少人，不得不像父辈一样，一辈子待在村子里。想到这些，心中不禁隐隐作痛，同时暗下决心：尽自己的力量多帮助他们，鼓励他们好好学习，将来到外面的世界体验一番。

更让人欣慰的是，伴随着助读活动开展的家庭教育，改变了不少家长的教育观念。家长家庭教育观念的转变令人惊喜——

光管孩子不让他玩，自己还一直玩是不行的。家长都管不住自己，怎么能管住孩子呢？

孩子是在模仿中长大的，你说让他做，不如做给他看。

钱以后有时间挣，教育孩子只有一次机会，所以我宁愿做一个家庭主妇，也要做一个合格的家庭教育的参与者！

家庭是习惯的学校，父母是习惯的老师。

在家庭教育中，爸爸的影响远超过妈妈。

在家庭教育中学会倾听才能更好地沟通。

将一个个小小的善行叠加在一起，就能汇集成伟大的力量。在齐鲁大地上，活跃着一支支教育志愿服务队伍，这是山东教育最美的风景。在这最美的风景里，有你最美的身影闪耀其中，与一个一个家庭、一个一个孩子，有了一次又一次最美的遇见。用你最美的人性的光辉去点亮乡村孩子们的未来，这是多么神圣而又伟大的善举！

让我们为乡村教育志愿者点赞！

（本文作者为山东省教育厅一级巡视员）

序言二　爱的传递

一直关注着高惠燕老师领衔的“天涯海角心连心”助读团队的公益活动，通过微信、博客等途径，对团队两年来助读活动的点点滴滴都有比较直观的了解，深为高老师以及团队全体成员的博爱所感动。前些日子高老师说准备将两年来助读的情况汇编成一本书，希望我能写几句话，很荣幸有这样的机会。

一

正在召开的全国“两会”上，教育依然是大家关注的热点，其中的焦点之一就是农村教育问题。过去的五年，国家着力改善农村义务教育薄弱学校办学条件，提高乡村教师待遇，营养改善计划惠及3600多万农村学生，应该说取得了不俗的成效，但农村教育面临的问题和矛盾依然非常突出，主要表现在：

一是农村教育长期发展滞后。伴随着农村外出务工人口的逐渐增加，很多地方对农村学校的重视程度在减弱，甚至拆并了不少农村学校，对农村学校的投入长期不足，极大地制约了农村教育的发展，城乡教育之间的差距越来越大。二是教育资源非常短缺。无论是教师资源还是学校的校舍、教学设备等资源，农村学校和城镇学校之间都有很大的差距，很多教师不愿意留在农村任教。资源的短缺直接影响着教育的质量，教育发展的不均衡、不充分在农村体现得尤为突出。三是教学改革步履维艰。坚守在岗位上的农村教师受限于各种资源的困乏，对教育教学改革的新理念新要求了解不多，课堂教学固守传统，很难推进课程教学改革。四是留守儿童问题日益凸显。很多农民外出打工，将子女留给家里的老人照看，由此引发出诸多问题。从留守儿童的角度看，就有心理问题难以疏导、学习方面缺少指导、安全方面缺少监护、生活方面溺爱过度等问题。五是农民思想观念落后。在一些穷乡僻壤，农民的思想观念依然比较陈旧，自己文化水平不高，对孩子的教育也是得过且过，“宿命论”在很多人的头脑中依然根深蒂固。还有很多家长认为家庭的任务就是让孩子吃饱穿暖，而把学习的事情全部推给学校，完全放弃了家庭的责任，并不明白家长既是孩子的第一任教师，更是孩子的终身教师。

农村教育面临的这些问题，都是长时间累积的结果，不是一朝一夕就能解决的；但如果找准了问题的症结所在，调动各方的因素和力量主动作为，从点上尝试改变，然后以点带面进行推广，还是能很快见到效果的。高老师发起的面向农村义务教育阶段孩子的助读公益活动，就是直面农村教育这些痛点而进行的有益探索和尝试。两年来的实践证明，这样的路径选得很准，所取得的成效也是有目共睹的。

二

这些年，爱心人士针对农村教育开展的公益活动还是很多的，主要形式有：改善学校的硬件条件，包括为学校建设校舍，增添课桌椅、图书、实验器材、体育器材等设施设备，修建运动场；由公益组织选派教师到农村学校义务支教，进行短期或者长期的课堂教学，并兼顾当地教师的教学培训；为教师或学生设立奖教、奖学金以及专项科研基金，激励教师勤奋工作，鼓励学生努力学习；为学生捐赠必备的学习用品；等等。

热心农村教育公益活动的人们，秉持着这样的信念：教育是民族振兴和国家富强的基石，也是为人的一生奠基的重要工程，通过自己的努力让更多的人关注当下的农村教育，形成共同支持农村教育发展的合力，受益的不仅仅是当下的一个个家庭，更是为国家的繁荣富强培育更多的合格的建设者和接班人；农村教育公益活动不仅仅是在物质方面为孩子们提供什么，更重要的是唤醒人们的善念，在全社会营造爱的氛围、实现爱的传递，相信“只要人人都献出一点爱，世界将变成美好的人间”。

高老师率领的“天涯海角心连心”助读团队，非常认同上述公益活动的信念，并在如何让公益活动更富成效方面做了更加深入的实践和探索。团队成员们在深入调查农村教育现状时感到，随着国家和各级政府对农村教育关注度的日益提升，农村学校的设施设备等基本办学条件正逐渐得到改善，在基础设施建设方面不需要公益组织花费太多的心力。当下比较难的事情是如何让孩子们养成良好的学习、生活习惯，如何改变家长的教育观念，如何帮助学校教师拓展视野、更新教育理念。这是一套组合拳，如果能够同时打出来，其效益就能得到凸显，农村教育的痛点就有可能在短时间内得到破解。

在明确自身的任务和定位的基础上，“天涯海角心连心”助读团队组建起来了。团队选择的切入点是阅读，大家认同《朗读手册》里的这句话：“阅读是消灭无知、贫穷与绝望的终极武器，我们要在它们消灭我们之前歼灭它们。”认同朱永新老师的阅读观：“一个人的精神发育史就是他的阅读史。一个民族的精神境界取决于这个民族的阅读水平。一所没有阅读的学校永远不可能有真正的教育。”坚信让孩子们养成阅读的习惯，可以改变他们的一生。

为了推动阅读，团队采取的方法是助读，即在农村建起一个个的书屋，让城区里的教师、高年级的学生到这里引导、帮助农村的孩子们开展阅读活动，采取共读、助读等方式培养孩子们对图书的兴趣，鼓励家长和当地的老师参与到助读活动中来。为了让助读活动持续开展下去，团队成员们开始梳理总结书屋的运作机制，让以热情来推动的助读转向以制度来规范的持续活动，让社会各界的爱意能够持久地在这里传递、激荡、生根。

三

在“天涯海角心连心”助读活动中，一个群体在其中发挥了非常重要的作用，这就是济南各校的教师和学生们。从最初在济南市商河县郑路镇的助读，到后来的济南市平阴县玫瑰镇、天桥区大桥街道办事处、济阳县曲堤镇及淄博市周村区等地，书屋的数量在不断地增加，受益的学生数量也在不断地增加，而为这些书屋和学生提供服务的助读团队的规模也在逐渐地扩大。

有组织的公益活动与在某个特定时期搞的志愿活动还是有很大区别的。志愿活动强调服务意识，注重的是活动的过程，大多是一次结束，对最终的结果并不太重视。公益活动则不然，团队在一段较长的时间内聚焦于某一件事情，既要关注活动的过程，更看重活动的结果；因此，做公益需要从长计议，除了公益组织本身需要有一个长远的发展规划并让团队中的每个成员都了解之外，长期参与该项目活动的团队成员也要善于根据组织的规划要求不断细化活动的内容，确保每一次活动都能让参与者有所收获、有所提升。

这不是一件容易的事情，特别是对本身还是中小学校的学生而言，面临的压力和挑战是很多的，比如说与人沟通的技巧。我们当下的学校教育不太重视这方面的能力培养，自己做学生的时候接触的都是熟悉的同学，并没有感觉到沟通能力的重要。等到需要自己作为主持者调动十多个甚至数十个农村孩子的学习兴趣时，会忽然发现原来自己在这方面还有很多的欠缺，比如说对不同年级学生心理特点、知识水平的把握。虽然自己刚刚从这个年龄段走过来，但囿于农村学校和城市学校之间的差异，往往很难拿捏准孩子的心理以及知识储备状况，往往导致费了好大力气准备的教学素材，孩子们听起来一脸茫然。比如说角色的转变，从已经非常习惯的学生角色一下子转变成教师角色，承担与平时完全不同的责任，对很多同学来说也是一大挑战。再比如说团队合作，几个人共同到一个书屋助读，如何发挥每个人的特长、实现“1+1＞2”的效应，这是需要每个人都能充分认识到同伴的特长，善于用欣赏的目光加以看待并在助读活动中全力支持的。

我认真阅读了本书所有助读者所撰写的体会和感悟，深为大家的奉献精神所感动。很多人为了准备好一次助读活动，提前做了精心的准备，包括助读的内容、奖品的准备、调节氛围的活动设计、个人才艺的展示等。一次助读活动结束之后，不少同学还主动和家长、教师进行交流，对活动过程进行反思，并将有益的经验进行总结提炼，以运用到下一次的助读活动中。大家都在用心做这件事情，把自己满满的爱意凝聚在一次次的准备、一场场的活动之中，并让书屋的孩子们能够充分感受到。孩子们期盼地问这些小老师何时再来，就是对他们付出的最好回报。

四

我为“天涯海角心连心”助读团队持之以恒地推进农村义务教育阶段学生阅读的精神所感动，也为孩子们通过阅读焕发出的学习活力所感染。助读团队在如下三个方面所做出的努力和取得的效果很值得我们关注：

一是有效激发孩子们的学习动机，让孩子对学习、对生活充满期待。每个孩子都是向好的，都有让自己生活得更有价值、让人生更有意义的美好心愿。因为环境的因素、家长的观念等，这些心愿一直埋藏在孩子们的心底。是助读活动为孩子们的心灵点燃了一盏灯，照亮了他们前行的道路。同时受到激发的，还有那些整天忙忙碌碌的家长、学校的老师和校长们。助读活动让大家看到，原来孩子还可以以这样的精神状态生活和学习，在为孩子创设教育环境方面可以做的事情还有很多。

二是助读活动的可复制性、可推广性。当下对贫困地区教育方面的研究很多，提出的意见建议、总结梳理出来的研究成果也很多，但不少教育成果面临的一大难题就是无法复制和推广，只在某个点上有作用。“天涯海角心连心”助读团队的实践，走的是低成本路线，所耗费的教育资源很少，但取得的成效很好，最可贵的就是可复制、可推广，为更大范围内、较短时间内改变农村教育的现状提供了非常有价值、值得借鉴的案例。

三是对现有的教育体系带来了很大的触动。阅读习惯的养成、学生兴趣的激发，本来是家庭和学校应该做的事情，但家庭、学校这两个重要的教育阵地都没有守牢，本该履行的责任没有到位。“天涯海角心连心”助读团队的实践，自然会引起大家对家庭教育、学校教育的职责和定位的追问。这样的追问，对激励更多的家长、更多的学校和教师行动起来是很有帮助的。

感谢高惠燕老师率领的“天涯海角心连心”助读团队的爱心付出，相信这暖暖的爱意会在更多的农村孩子心田传递，会有更多的孩子因此而改变自己。

（上海市虹口区人大教工委　常生龙）

序言三

当高老师找到我说要把大家助读的经历结集成册时，我十分感动和开心。虽然很久没有回去和同学们交流读书的感受了，但曾经助读的经历至今记忆犹新。

在过去的一年里，我的身份是悉尼大学的一名经济学研究生。开学的那一天恰好是我28岁的生日，身边的同学几乎都小我四五岁，那种感觉很独特也倍有压力。

悉尼大学课程繁杂，同学也都带着新鲜的大学思维，而我却好几年没进行严格的学术训练了，所以压力还是很明显的。当然更多的压力是从人生的角度讲的：十几个月之后，当我研究生毕业时，我即将30岁了。

俗话说："30以后，才知天高地厚。"有时候想想即将到来的30岁，我心里会很焦虑。社会总给中老年人和青少年人很多指南，却对30岁上下的人指导甚少。想来这样也合理，毕竟30岁的人，生理心理都是黄金年龄，既有一些人生经验，也不乏未来的各种机会。如此大好时光，哪里需要什么指导呢?

有时候我觉得生活如同在水面上行走，很多看似实在的事物事实上却经不起推敲，一旦尝试深究眼前的现实，就有坠落于水中的危险。尤其生活在数字时代，互联网提供便利的同时也模糊了现实感。许多年前，我的父母亲会在晚饭后和家人聚在一起，认真地收听收音机里的评书，如今他们夜晚的注意力也转移到了微信朋友圈里。那么，究竟是几十年前的听收音机有意义，还是今天朋友圈里好友的一举一动有意义？几十年前单田芳讲的故事和今天微博朋友圈里包罗的万象，谁的现实才是现实？

上高中第一堂语文课时，陈鑫老师随口给全班同学推荐了两本书：余华的《活着》和王小波的《我的精神家园》。

几乎没有人知道，这两本书改变了我的一生。正因为余华，我开始意识到“现实”这样的词语在文学世界里的含义。读遍了余华作品，我开始尝试阅读影响余华的作家——从福克纳到卡夫卡，从陀思妥耶夫斯基到马尔克斯。余华在改变我人生视角的同时，我也开始观察他本人的人生视角是如何被来自不同国度、使用不同语言书写的作者影响的。而王小波的文字，也让我明白了思考本身的乐趣，他的精神家园、他的黄金时代，甚至他和李银河的情书都让我意识到成为一个有趣人的必要性。十年后，当我和捷克的商业伙伴聊起米兰·昆德拉，和西班牙朋友聊起塞万提斯，和拉美朋友聊起马尔克斯时，我感觉文学世界显然不仅仅是提供话题的工具，它更是让你意识到自己是世界一部分的桥梁。换句话讲，我们何尝不希望一个美国人或者英国人走到我们面前和我们聊起孔子、李白呢？

所以高老师的发愿和行动既是给孩子们提供打开文字世界的窗口，也是在为一个个孩子架起通往未来的桥梁。我高中的课桌里，总会偷偷地放着几本和学业无关的书籍，现在想来那些偷看闲书的时光想必高老师也都知道。和其他老师不同，高老师并没有阻止我读课外书。十年后，当我再见高老师、发现她平添的白发时，我觉得欠了她很多感谢和歉意。那些对于阅读的宽容，或者说高老师本人的宽容，只有在我成长之后，才明白有多难得。

希望助读活动能持续下去，希望有更多人能参与进来，也希望大家最终能理解高老师诚恳的发愿。

（山东省实验中学2005级　徐文昊）

第一辑 人生因阅读而幸福

与书为友

读书分享

阅读伴我成长

与书为友

有人说，倚着书柜、闻着墨香长大的孩子是幸福的。我就是一个幸福的孩子，因为书伴随了我的成长，书是我最亲密的朋友。

说起我的读书经历，要从幼儿园说起。那时妈妈为了让我和书交朋友，给我订了《幼儿画报》《嘟嘟熊》和《幼儿园》。画报中，那憨态可掬的小熊、机灵的小猴子、聪明的小白兔、可爱的小蜗牛一下子吸引了年幼的我。记得每次一来新画报，我就迫不及待地翻看；看完画，又央求妈妈给我指读书中的字。天长日久，还没有上学的我就认识了很多字。

上学以后我学会了拼音，这样一来，自己就能读很多注音小故事了。于是，《猜猜我有多爱你》《爱心树》《小猪唏哩呼噜》《柳林风声》，一个个精彩的小故事留在了我幼小的心灵中。随着识字量的增加，渐渐地，注音读物已经不能满足我了，没上二年级我就开始读不注音的小故事了。这时候，我接触到了杨红樱的"笑猫"系列。《保姆狗的阴谋》《塔顶上的猫》《想变成人的猴子》……这些从严冬写到金秋的故事，犹如温暖童年的"心灵鸡汤"，又像陪伴我成长的"心情宝典"。我在幽默好玩、美妙温暖的文字中，感受着书带给我的快乐。

有了最初的快乐，书就像强力磁铁一样深深吸引了我。上三年级了，在老师的引导下，同学间互相借阅图书蔚然成风。妈妈还在图书馆为我办了少儿图书证，于是我结识了“童话大王”郑渊洁、“辫子姐姐”郁雨君、收藏幸福的王一梅、“动物小说家”沈石溪、具有乡村情结的曹文轩……

不同经历、不同风格的作家，为我的童年生活打开了一扇扇或绚丽多彩或深沉凝重的大门。在《闪着泪光的决定》中，我知道了：一个孩子如果不曾为一件特别想做的事、一个特别想珍惜的人认真过、努力过，就不能算是真正地长大了；在这个世界上，除了跟那些你不喜欢但又躲不开的人讲和，还有另外一种讲和，那就是跟自己讲和，跟自己敏感的心情讲和，跟自己任性的心情讲和。在《我可以抱你吗，宝贝》中，我知道了什么是星星的孩子，并试图走进他们的世界，感受他们内心的痛苦。在《追踪小绿人》中，我懂得了什么是真正的友谊，领悟到永远保持一颗善良的心是多么重要。

在关注中国作家的同时，我逐渐发现国外作家的作品同样精彩。在美国作家怀特的笔下，《精灵鼠小弟》中的夏洛用蜘蛛丝编织了一张爱的大网，这网挽救了威尔伯的生命，激起我心中无尽的爱与温情。《时代广场的蟋蟀》是一个有关各种生命之间爱和关怀的故事，是一个源于大自然、涤荡心弦的音乐之声的故事；四十余年过去了，这只蟋蟀依然在嘹亮地鸣叫着。《小鹿斑比》描写了森林里的和谐气氛与动物间扶持友爱的故事，也展现了动物们面临的恶劣环境和可怕的境遇。读这本书时，我身不由己地融入故事情节中，和斑比及它的妈妈、朋友们同喜同悲。

我经常听到有的同学说：“我也喜欢读书，可就是没有时间。你看，每天放学还要写作业，周末还要上各种辅导班。”其实，时间对我们每一个人来说都是公平的。鲁迅曾说过，时间就像海绵里的水，只要愿挤，总是有的。我们要学会合理安排时间，学会利用不起眼的小时间。比如：放学回到家到吃饭前的一小段时间，我会读《意林》《儿童文学》或《读者》中一些短小精悍的文章；睡觉前，我会拿起喜欢的书读上几页；书包里，我每天都装一本课外书，这样在老师讲完课让大家自由安排时间时，我会沉浸在书的美妙世界里。

还有的同学会有这样的苦恼：茫茫书海，到底该读哪本书呢？我的体会是：先从简单的、贴近生活的读起，发现喜欢的作家或题材，想办法找到他写的其他书或同一系列的书，慢慢培养自己的兴趣。记得三年级时我无意中读到沈石溪写的《斑羚飞渡》，第一次发现动物身上也有着与人类一样的情感，而且是那么丰富细腻。于是，我从图书馆借了《红嘴相思鸟》《狼妻》《雪豹也有后爸》《最后一头战象》，几乎读完了沈石溪写的所有动物小说。尽管如此，仍然意犹未尽，我又发现了其他作家的类似作品：西顿的《我的野生动物朋友》、姜戎的《狼图腾》、杰克·伦敦的《荒野的呼唤》、金曾豪的系列动物小说……去年暑假，我开始对曹文轩的乡村小说产生兴趣，一口气读完了《草房子》《细米》《狗牙雨》《根鸟》等。现在，我又对“国际安徒生奖”获奖作品有了兴趣，《蓝色的海豚岛》《小狐狸阿权》《绿山墙的安妮》……都是值得一读的好书。

好书就像一盏灯，只要你亲近它，它就会照亮你的生活。每个人读书的习惯不同，但读书一定要与思考相结合。我喜欢一口气读完一本书，喜欢边读书边想象书中的情节，喜欢把自己变成书中的人物，喜欢在舒缓的音乐声中读书，还喜欢重温读过的书。我发现，同一本书在不同的时期读，会有不同的感受。因为随着年龄的增长、眼界的开阔，你的理解能力也在提高，重温读过的书会让你有一种“柳暗花明又一村”的感觉。我建议大家每读完一本书就建立一张读书记录卡，写下阅读感受、故事梗概或者精彩的句段，这样就可以随时重温读过的好书了。

与书相伴的日子，让我的内心快乐而充实，也使我对文字有了一份好奇，就像《书本里的蚂蚁》中的那只小蚂蚁，偶然走进书本，立刻就和文字交上了朋友。

与书为友，幸福永久！

（山东省实验中学2016级24班　冉昕平）

高惠燕老师点评

昕平这篇文章让我想起了朱永新先生的一句话："一个人的精神发育史，就是他的阅读史；一个民族的精神境界，取决于这个民族的阅读水平。"阅读，从小处说关乎个人的生活质量，从大处说关乎国家的命运。昕平之所以能在课余时间参加"天涯海角心连心"组织的志愿者工作，源于妈妈对她的引领和阅读的书籍。朱永新先生还说："家庭是最容易出错的地方，父母是最容易犯错的老师，阅读是最容易被忽视的事情。"昕平之所以能成为现在这样优秀的女孩，这和她的父母有很大的关系。其实，我也只是见过她父母两面，都是因为助读活动。每次，她爸爸充当司机并负责拍照，做老师的妈妈和昕平为农村书屋的孩子或者家长们上课。看着她们一家人相亲相爱的样子，我不由自主地想起古人"修身齐家治国平天下"的说法。

读书分享

小时候，我读过沈石溪的动物系列小说（《狼王梦》《雪域豹影》《最后一头战象》等）、杨红樱的书（《淘气包马小跳》等）、商晓娜的书（《绝佳拍档》等）、科普类的书（《十万个为什么》等）、侦探类的书（《福尔摩斯探案集》等）、日记类的书（《小屁孩日记》等）……当时那种阅读的快乐现在依然记忆犹新。

在我看来，读书可以修养身心，陶冶情操。对在座的小弟弟小妹妹们来说，读书可以帮助你们获得知识，开阔视野，了解到平时接触不到的东西，学到不少道理，从而变得睿智，当然最重要的还是在读书过程中能够收获成长和快乐。

读书，要有选择地读，一定要读好书，读名著。何为好书，何为名著？就是那些经历了时间检验的书，比如四大名著——《三国演义》《水浒传》《西游记》《红楼梦》。但我以前把大把的时间都用来看网络玄幻小说了，其实那些作品是没有什么内涵的，看过去哈哈一笑就不了了之了。而不像名著，你读了一遍就会想读第二遍、第三遍，而且每读一遍都会有不同的体会。

读书有助于语文素养的提升。语文素养，通俗一点讲就是遣词造句的能力，或者说是你的文采。再拿我做例子吧，我初二时语文不是很好，努力了一个学期，成绩提高到一定程度就很难再上去了，其实就是被语文素养卡住了。

读书也是一生的事，一定要持之以恒地读下去。现在的你们要好好培养自己读书的兴趣爱好，让它渐渐成为习惯。如果能做到读书像吃饭睡觉一样自然，一天不读浑身难受，那么你就成功了。书籍会不断地给你们补充精神食粮，让你们与时俱进，让你们变得有内涵，让你们的人生更加丰富多彩。

假如再回到童年，我希望父母如何陪自己度过？

首先我得感谢一下父母，因为他们真的很棒。父母对我的教育方式就是放养，让我自己成长、尽快独立。我之前说过了，在读书、学习方面我走了不少弯路，也曾经埋怨过他们放养得太厉害了，导致我浪费了那么多时间。但现在细细想来，也不怪他们，放养模式虽然不完美，有一定的风险，但从整体来看还是起到了效果的。

有些道理小朋友们可能长大以后才会懂，才会明白我现在说的究竟是什么意思，但我真的希望今天分享的这些东西能对你们有所帮助，能激发起你们的读书兴趣，能让你们少走一些弯路。也希望在座的各位家长可以意识到读书的重要性，陪伴孩子，引导孩子。

（山东省实验中学2016级23班　刘子牧）

家长点评

太多的伟人、智者论述过读书的意义。是的，读书无疑是提升人生价值最经济的方式。在我看来，读书最大的好处是，你可以在书中与形形色色有意思的人相遇，过林林总总不一样的生活。

子牧通过个体经验懂得了这个道理，也希望其他的小朋友都能尽早地与书结缘，养成阅读习惯。人生之路有书相伴，不惑、不忧，亦不惧。

阅读伴我成长

在我小时候刚刚学会坐时，姥姥就把我抱在怀里教我看《婴儿画报》了，这开启了我的阅读之旅。幼儿园的时候，爸爸妈妈给我订了一些杂志，比如《小百科》《幼儿园》，妈妈还经常带我去省图书馆借书。因为我读书早、认字多，上幼儿园的时候就认得同学的名字，能够帮老师分发作业本或者档案册了。

上小学学会拼音后，我可以独立阅读简单的书籍，读书因此变得更加自由、有趣。后来，我认字越来越多，读的书越来越多，也越来越喜欢读书。

在我上小学三年级、对三国人物还一无所知的时候，我读了从妈妈单位借的《易中天品三国》，里面谈论的人物我很陌生，激发了我阅读原著的想法，正好那段时间爸爸天天听《三国演义》评书。评书的语调非常有趣，再加上引人入胜的情节，吸引我从头听到了尾。与此同时，我开始阅读《三国演义》原著，虽然不像评书那样有趣，但还是坚持读了下来。厚厚的《三国演义》读完，对我的写作产生了很大的影响，写作文不知不觉文字简练了起来，而这次阅读体验也使我以后文言文的学习变得比较容易。我想告诉弟弟妹妹，阅读这些名著可能有时会觉得枯燥，但是坚持读下去，你就会有收获，也是对自己意志的一种磨练。

我读书的速度并不快，喜欢一个字一个字认真地读。我认为读书的时候不必过于追求速度，慢慢地读可以仔细品味作品的内容，上下文来回联系，模糊的地方还可以回头看看。

在杂志方面，我最喜欢读科普类杂志。《我们爱科学》《小百科》《博物》《大科技》等等，让我对周围世界了解得越来越多。这些书籍打开了我认识世界的大门，引导我去发现、思考一些未知的东西。有些书上有科学小实验内容，我也喜欢自己动手做一做。

今天，我给弟弟妹妹带来了小时候特别喜欢的一套科普书——《神奇校车》，还有现在特别喜欢的《博物》杂志。

《神奇校车》是一部美国人写的科普书，它带我们认识奇妙的蜂巢，探访人的感觉器官，探秘地球内部和水的故事……它让我们看到平时用双眼看不到的世界，相信弟弟妹妹一定会喜欢的。如果遇到有不懂的地方，可以请教爸爸妈妈和老师，也可以上网寻找答案。

《博物》杂志讲了自然界中的花花草草，它们的名字、特性，动画片里的自然界原型、食物的奥秘，还有人们常见生理现象的原理，比如为什么打嗝、人感冒为什么会发烧，还有关于人体器官的知识讲解。它还教你摄影，学习如何用相机记录下美的瞬间。总之，内容丰富多彩，读后一定会收获很多。

（山东大学辅仁学校　郎雅迪）

高惠燕老师点评

与雅迪妈妈相识于博客，成了线下朋友。当她得知我在做支教时，特意为农村孩子整理了许多书，后来又带着女儿雅迪走进了书屋。那时的雅迪还是个刚升入初二的孩子，比书屋里六年级的孩子大不了多少，却能带着他们表演成语故事、唱英文歌、分享读书的感受。雅迪是幸运的，因为她在幼时就能在姥姥的怀抱里听书；书屋的孩子也是幸运的，因为他们结识了善良的雅迪，有机会在书籍的陪伴下共同成长。

家长点评

2016年国庆节，我和女儿一起参加了“天涯海角心连心”助读活动，这篇小文是女儿为书屋的弟弟妹妹精心准备的阅读心得。那天天气微凉，大石家书屋条件还相当简陋，但是有高惠燕老师带队，有诸多爱心老师、家长以及小朋友、大朋友共同行动，助读活动开展得有声有色。孩子们纯真的笑脸、清澈的眼眸、稚嫩的童声，至今依然清晰地在眼前浮现，在耳边回响。

阅读伴我成长。愿阅读伴随我们每一个人成长，有书籍相伴的人生才是完整的、平和的、富足的人生。书，女儿读，我也读，有时候我们各看各的，有时候两人共追同一本书，分享和交流的乐趣增进了母女二人的感情，女儿和我之间没有两代人的隔阂，多的是同学朋友间的友谊和默契。

女儿现在已经是一名高中生，学习紧张，生活忙碌，但她是“天涯海角心连心”助读团队的一员，仍然心系书屋的弟弟妹妹。希望女儿学有所成，再为弟弟妹妹带去心仪的书籍，与弟弟妹妹一起分享更多更好的读书体验。

第二辑

其实，我是真的喜欢

其实，我是真的喜欢

盘点高一生活，发现不知不觉间自己竟然参加了九次助读活动，着实有点惊讶。我是怎么“上瘾”的？都说人往往喜欢做自己擅长的事，但我并不是很会讲话啊，而且也不太善于哄孩子玩，所以助读期间冷场的情况出现了好几次。记得有一回我给孩子们讲故事，说牛顿在大学里讲的课实在无聊，以至于后来他的学生都跑光了，只剩下可怜的牛顿独自面对着空荡荡的教室。有点搞笑的是，我们那节课还剩下二十多分钟，准备的东西就全讲完了，因此颇为尴尬。所幸孩子们没有跑光，我真是十分感激，也真是觉得对不起他们。

作为一名助读者，我给自己设的“底线”是希望孩子们别觉得来书屋是浪费时间。那次课当时是挺难受的，虽然过后可以当个笑话自嘲了。

我还经常发现我的搭档讲得比我好。那次那位“大佬”也许是第一次去书屋，最多两次，而我已经“三番五次”了，却仍有被碾压之感。还有一回，我和一个小学五年级的小姑娘同行，她初次上阵，快到书屋时才看到助读的图书，略做准备，一开口就很“抓人”：“小朋友，你们见过会说话的西红柿吗？你们见过会算数的柠檬吗？”

想想我的五年级，作为科代表却不好意思在班里大喊“收作业”，还得找好朋友帮忙。到了初中，依然蛮羞涩的。上了高中，看着学长们组织各种活动，在全年级同学面前侃侃而谈，个个从容不迫、风度翩翩的样子，着实很羡慕，暗自思忖：哪怕能学来一两分也不错啊！

大家一起来朗读

但这一两分也不好学。第一次去助读非常紧张，多亏搭档经验丰富。当时是她先讲，我站在旁边一直捏手指，她讲完了很贴心地把我引了出来。我心一横——豁出去了，登上讲台，眼神迷离、语速飞快地讲了起来。我知道自己的“长项”是能把扣人心弦的故事讲得既干干巴巴又没有逻辑，也因此特别害怕小朋友们走神。我叽里呱啦地飞速讲完——谢天谢地，没出现集体走神现象，但好像也没人听懂。

这种紧张、胆怯，也许对许多人来说不是问题。我想这大概是一种比较原始的本能的自我保护吧，虽然明知没有什么可怕的，却无济于事，必须亲身尝试一回才行。

之前一直觉得，我频繁参加助读的主要原因，是清楚自己周末在家什么也干不了——不想学习也玩不好，而且申学又需要志愿活动的，于是每次报名时就骗自己说不会有尴尬啦，不会冷场啦，颇有几分“置之死地”的味道。至于能否“后生”就看运气了，起码觉得这样就不会浪费时间了。直到后来报了课外辅导班，时间经常与助读冲突，只好放弃了后者，却又莫名其妙地有些怅然若失，我这才突然意识到——其实，我是真的喜欢参加助读的。

（山东省实验中学2016级23班　王荣书）

家长点评

文章中作者以看似轻松幽默的笔法表达了自己的真实感受，其实并不轻松。一个十六七岁的孩子正处在似懂非懂的重要人生成长阶段，会面临外部世界与内心世界交汇碰撞所产生的许多困惑和矛盾。敢于表达，就是迈向正确方向的第一步。希望社会、学校、家庭能够正视青少年的心理健康，努力帮助他们。毕竟他们是未来，只有健康成长，他们才能肩负起让世界越来越美好的责任。

与美好同行

砖块砌成的低矮院墙围出一方小小的天地，小院被打理得井井有条，一行行整齐的小苗在春风的吹拂下挺直了腰板，在暖阳中焕发出勃勃生机。漆红的铁门半掩着，仿佛在欢迎人们踏入。这儿，就是小石家的书屋。

已是第二次来这里了，此次同行的是大明湖小学的沈菲老师和我的好友黄滢冰。一进书屋，我们就感受到了小朋友们的热情。他们一个个端坐在桌前，眼中流露出的满是期待和喜悦。黑板上写着“欢迎老师来助读”“我读书，我快乐”两行歪歪斜斜的大字，旁边有小朋友画的插画。更令我惊喜的是，他们一见面就喊出了我的名字——之前我们只有过短短半天的交集，他们却已记住了我，这对我来说是多大的认可和鼓励啊！

助读开始。沈菲老师带的绘本是《极地探险》，讲述了一个发生在100年前的真实探险故事。英国探险家沙克尔顿率领27名队员探索南极遇险，在通讯断绝、食物耗尽、气温达零下57℃的恶劣环境下，他们奋力求生，没有一人牺牲。小朋友们被精美的插图和生动的文字所吸引，随着情节的发展，或为队员们捏一把汗，或长舒一口气。感动于沙克尔顿勇于探索、坚忍不拔的精神，他们也谈起了自己的理想：有的想当教书育人的老师，有的想做救死扶伤的医生，还有的想开养老院……话语背后，我感受到的是一颗颗善良的童心。

我来说一说

我和黄滢冰先给大家推荐了自己喜欢读的书。我推荐的是《绿山墙的安妮》，黄滢冰推荐的是《猫武士》。接着一起诵读了有关二十四节气的诗歌、漪然的《立春又一年》，然后带领小朋友读起了绘本，大家分成三个小组，围坐在一起，边听边看。

《花婆婆》是一个关于人的一生经历和梦想的故事，也是一个关于如何使世界更美丽的故事。许多年前，当花婆婆还是一个名叫艾丽丝的小女孩的时候，她曾经坐在爷爷腿上听他讲故事，并答应过爷爷长大了要做三件事：第一件是去很远的地方旅行；第二件是住在海边；第三件是做一件让世界变得更美丽的事。前两件不难，难的是第三件。花婆婆前思后想，最终决定将鲁冰花的种子播撒在经过的每一处，第二年春天，那些种子几乎同时开花了，原野上、山坡上开满了蓝色的、紫色的、粉红色的鲁冰花。故事的最后，花婆婆的小孙女也坐在花婆婆的膝头听她讲年轻时的故事，并决定长大之后也要做一件让世界变得更美丽的事……

虽然已不是小孩子，但仍被这个故事打动，为那个让世界变得更美丽的想法，为那满山遍野的鲁冰花，也为那样的一份传承。讲完故事，我问小朋友们："在这个春天，你想做一件什么事情，让我们的世界更美好？""我可以种下一棵树。""我想把街道打扫干净。""我愿意把压岁钱给那些需要帮助的人。"多么美好的答案！

《田鼠阿佛》也是一本很有趣的绘本。小田鼠诗人总是自顾自地冥想，收集阳光、颜色和词语，等到了寒冷、单调、乏味的冬季再给同伴们带来快乐和幸福。它的话语仿佛有魔力，给人以温暖。故事读完，看到小朋友意犹未尽的样子，我知道阿佛对待生活的态度已经像一颗种子一样，悄悄地种在了他们的心中。

屋外阳光刚刚好，正是游戏的好时间。搬着凳子来到阳光下，伴着欢快的音乐，我们一起玩起了抢凳子游戏，笑声在空中久久回荡。

一上午的助读在游戏中结束了。初春的阳光下，小朋友的笑脸可以让人忘却一切烦恼。助读给我带来了在学校课堂中永远体会不到的感受，亦如那只在冬日为大家读诗的小田鼠阿佛。

（山东省实验中学2016级24班　冉昕平）

家长点评

记不清这是昕平第几次参加助读了。每次助读前，昕平都会把自己要讲的内容写下来，并征求我的意见。我们一起探讨哪些内容适合书屋的孩子，每个环节提什么问题能调动孩子们表达的积极性，遇到突发情况该怎么办，以及设计什么样的游戏。虽然高中的学习任务挺重，但她依然坚守着那份认真执着的信念。助读时，看着她越来越自信的语气、越来越淡定的神情，我知道她内心的格局在慢慢放大。虽然她还不了解教育的真正内涵，虽然她还仅仅是一个十七岁的孩子，但她在助读活动中发现了自我、成长了自我。感谢助读，祝福昕平和书屋的孩子们。

帮助他人　成长自我

1月21日早晨6：40，支教的队伍在校门口集合，包括两名带队老师高老师和李老师及七名学生，还有随行的家长。车开了两个多小时，到了商河县郑路镇张庙小学。

我的任务是随高老师一起先与农村家长交流，再向几名初一的学生介绍学习经验。高老师提前告诉我："要靠引领阅读，改变农村的教育环境。"其实，一开始我并不太明白。

与农村家长交流时，高老师先询问了每个孩子的情况。这些农村妈妈们口齿不是很清楚，也基本谈不上有什么教育理念，容易揪住小问题不放。高老师安静地听完后，首先强调不要给单纯的孩子随便贴标签，接着询问家长是否关心孩子学习、支持学校工作，在家有没有吵架、打骂孩子等情况，几个问题都收到了令人担忧的答案。

我和同行的伙伴交换了下眼神：孩子在学校没有好的师资，在家缺乏家长的正确引导，学校想出力又得不到家长们的理解配合……我一时也茫然不知所措了。

五十多岁的高老师坚持支教多年了，很熟悉农村教育存在的问题，当下她一反刚才的温和，认真分析了上述问题产生的原因及其对孩子造成的不利影响，"在师资缺乏、家长引导水平不足的情况下，只要引领孩子们多读书，多看看广阔的世界，就能取得理想的教育成果”。

简单的话语为家长指明了方向，也让我理解了所谓“引领阅读”的深刻内涵。通过观察高老师与家长的交流，我获益匪浅：说服他人，从对方的错误、无知处入手，效果事半功倍；进而惊讶地发现，改善农村教育环境可以如此“简单”——引领孩子爱上读书、自主读书、自主学习。仔细想想，确实如此！赞叹的同时，我也见识了化繁为简的大智慧。

家长们忙不迭地记着笔记，开心地交流着感想、收获和打算：“要给孩子广阔的未来。”“即使做农民也不能没有学问。”“不能让我们限制孩子的眼界。”“知识即使不能赚钱也能丰富生活。”“黑暗的地方要寻找光明。”千头万绪，只能用“觉有情”三个字来概括。

接下来该我和几名支教同学出场了：为初一学生答疑。

印象最深的，是一名初一妹妹的苦恼：因为家离学校太远，两个星期才能回去一次见父母；喜欢在阅读课上读历史，讲起一些历史人物，联系到自己的孤独，一时间情难自已而抽泣起来。

我虽比她大三岁，但面对这种离家之苦，我的生活经验立显单薄，不知该说什么。沉默了一会儿，我就把自己的一点心得、感悟告诉了她，希望对她能有所帮助。

记得小学六年级时，有位考上名校的哥哥回母校做演讲，在我心里留下了拼搏努力的种子，并在我遇到困难的时候悄悄发力。也许，我今天做了一件同样有意义的事。

（山东省实验中学2016级24班　孙子力）

家长点评

高惠燕老师发起并坚持的支教活动，是弥补乡村教育师资贫乏、帮助乡村孩子成长、改善乡村家长教育观念的有效途径，对提高乡村教育水平具有非常重要的现实意义；同时，又是教育引导高中生热心社会实践、关注帮助弱势群体、增强社会责任感的有效举措，对培养造就品学兼优的高中生具有积极深远的影响。作为学生家长，我们亲身感受到了孩子在支教活动中的成长和进步。衷心感谢高老师！我们将一如既往地支持孩子参加支教活动，一起分享支教快乐，携手共助孩子成长！

大家听我讲

在路上

2017年1月20日一大早，我们在山东书城集合，跟着高老师一同前往保税区的一座仓库，整理外研社捐赠的书籍，一大包一大包的，足足好几十捆。我们戴上手套，脱下有些累赘的外衣，开始了分书的工作。

一个又一个包裹被拆开，女生负责给书盖上助读活动专用章，我和卢泽源负责将书分门别类地整理到一起，平均分配给我们明天要去助读的七个书屋，整齐地码放在箱子里。箱子不够用了，外研社的阿姨又去仓库里要来一些空的。她把我们分成两拨，一拨继续把书装箱，另一拨跟着她学捆包裹，喜欢尝试新东西的我当然选择后者了。阿姨演示了几遍，又手把手地带着我们捆了几个，我们就会了——倒也不难，就是比较耗费体力。又是一阵忙碌，上午的工作结束了。看着我们的劳动成果——一个个码得整整齐齐的箱子、包裹，很是开心。

接着高老师介绍了第二天的活动安排，她让我们回家找一些有关“年”的故事、习俗方面的资料，准备一下自己的读书经历和经验以便分享。虽然是与小学一年级的小朋友交流，但对从来没有讲过课的我来说依然是个不小的挑战。下午做完齐鲁医院的志愿者活动回到家，我就开始备课了。

1月21日早早起床，我和父亲一起赶往学校集合，踏上了商河支教的旅途，两个多小时后到达了张庙小学。小学占地不算很大，教学区由4排平房组成，每排有4间教室。走进其中一间，大约有60来套破旧桌椅，但被擦拭得很干净。

操场很小，一圈200米左右的塑胶跑道围着一块坑坑洼洼的草坪——应该是学生们踢球的地方吧；操场旁有一张孤零零的乒乓球台，此外别无他物，看起来比较寒酸。

我们在校长办公室明确了分组，我和子跃搭档，高老师交待了一些注意事项后，我们就前往各自负责的班级。当时已放寒假，刚过完小年，令我们十分惊喜的是，居然有这么多的家长带着孩子一块来参加活动，比我们预期的多了很多。

按照计划，先由济南幼儿高等师范专科学校的李老师分享亲子阅读经验，随后就是我们上场了。子跃提问了关于“年”的习俗的小问题，小朋友们抢答，发言的会得到奖品。我们事先准备了少儿读物和文具，因此不一会儿现场气氛就调动了起来。

然后我绘声绘色地给小朋友们讲了“年”的故事，他们听得都很入迷，接下来子跃和我分别做了读书经验分享。比较惭愧的是，我这个提前准备的反而没有临场发挥的子跃说得好，看来以后的确得好好加强语言表达、临场应变等方面的训练了，毕竟在国际部这种活动肯定会越来越多，一定要把握好锻炼自己、提升自己的机会，使自己变得更加出色。

最后我们回答了家长们提出的关于孩子学习、读书方面的一些问题，我父亲也以我为例谈了他对教育孩子的看法。为了感谢我们的付出，孩子们唱了一首《世上只有妈妈好》。看着台下一双双天真无邪的眼睛，我不禁想起了我的童年。通过这次活动，我得到了很好的锻炼，收获很大。

虽然一名支教者的能力有限、作用有限，可支教本身就是一种爱的影响、爱的传播。相信这种奉献精神也会影响当地的孩子，影响我们身边的人。仅仅一次活动，或许帮不了农村家长、孩子太多，但我觉得至少可以改变家长们的一些看法，让他们意识到读书、学习对孩子的重要意义和对人生的深远影响，也能激发起孩子们的阅读兴趣。

我们可以带给他们一些物质方面的帮助、精神方面的引导，但未来的路还要靠他们自己去走。祝福吧，祝愿那里的每一名孩子都能在老师、父母的帮助下健康快乐地成长、成才，拥有更加美好的明天。

（山东省实验中学2016级23班　刘子牧）

家长点评

现在的孩子，得到的太多，付出的太少，于家庭于社会，莫不如此。子牧也不例外：孩子从小善良、阳光，但对生活、社会知之甚少，生活的风雨、生存的艰难都被隔绝在他的世界之外。

进入实验中学以后，在学校老师的带领下，子牧开始了解、参与一些公益活动。他看到了村学，感知着贫穷，也体验着真挚的情感、平凡的幸福……一次真正动手的实践、一场真正参与其中的公益活动所带来的正面冲击和洗礼，都将让他受益终生。

公益活动让子牧学会了付出和回报，懂得了“给，永远比拿更愉快”的道理。

聚精会神地听讲

点亮心灯

2017年3月4日，我第二次踏上了前往商河的助读之路。

天刚蒙蒙亮，我们在实验中学校门口已经集合完毕，很快我们就出发了。两个多小时后，到达了商河县郑路镇张庙小学。同行的有我父亲、初中以来的好朋友岳潇潇和她的母亲，还有其他不认识的老师、同学。本来计划是我和潇潇去一个书屋，但因为这次来张庙小学的人不多，所以我俩只好临时改为“各自为战”了。

助读的任务是引导农村孩子们阅读，设计活动让他们充分参与，培养他们阅读的兴趣。这次活动的推荐读物《花婆婆》和《田鼠阿佛》都是绘本，插图精美，道理浅显易懂，非常适合一、二年级的小朋友。

到达乔李石村书屋，一下车，就有学生家长热情迎接，小学生们也十分高兴，可以看出不管是家长还是学生都很重视学习，只是缺少资源和方法罢了。一进书屋，站到讲台上，下面顿时安静了，小朋友们一起起身向我鞠了一躬，对我喊出了那声我也曾无数次说过的“老师好”。我既感动又惊喜，毕竟这是人生中第一次听到别人对我说这句话，自豪之情和身为老师的神圣感油然而生。

助读正式开始。

我先给小朋友们绘声绘色地读了一遍《田鼠阿佛》，然后让大家谈谈这则故事带来的启示。接下来和他们一起玩击鼓传花的游戏，粉笔传到谁那里谁就要上来读一段《花婆婆》。原以为小朋友或许会有很多不认识的字，不会读得太通顺，事实恰恰相反——他们不仅声音洪亮，而且大部分字都认识。读完后，我又让他们谈谈感受。这一环节小朋友们举手发言都很积极，他们都答得很不错，远超我的想象。

第二个环节，我让大家用半个小时阅读手中的书，读完后概括一下内容。结果大多数小朋友对如何概括不很了解，我便手把手地教他们。根据这个年龄段孩子对图画非常感兴趣、联想想象能力丰富的特点，我教他们在概括时把刚才看到的图画串到一起，这样就能快速复述整个故事了。他们学得很快，比一开始好多了。

之后父亲也串了一下场，声情并茂地朗读了《伊索寓言》中《农夫和驴子》的故事，和小朋友们的互动也很精彩。他总能恰到好处地抓住小朋友们感兴趣的地方讲解、提问，充分调动了孩子们的积极性。目睹了父亲精彩的临场发挥，我受益匪浅!

为了放松一下，我带着大家学习了英文字母表。本来还准备教一首简单的英文歌，但当我示唱后看着他们一脸呆萌的表情，于是临时改为“古诗背诵大比拼”。听说背诵古诗，小朋友们高兴坏了，几乎每个人都站起来举手，从《咏鹅》到《竹里馆》《回乡偶书》，清脆而稚嫩的声音冲破了书屋，让我们感受到了无限的生机与活力。

因为这次我带的奖品比较精致，以至于所有小朋友都抢着回答问题，场面有点失控，让我有点尴尬，毕竟之前助读没遇到过这种情况。所幸父亲帮我化解了窘境，他尽量把获奖机会留给发言较少的低年级同学，并告诉大家，耐心等待才能得到更为珍贵的东西，大孩子应该让着小孩子，男生应该照顾女生。

有了这次经历，为了避免这种状况再次发生，我回家后想出了一个办法：上课时给回答问题的小朋友发放小粘贴，事先跟他们约定好集够多少个小粘贴可以换什么奖品，助读结束时统一分发奖品。这样既可以保证课堂秩序，还能避免小朋友们产生争执。这次助读活动，不仅小朋友们收获很多，我的收获也是蛮大的。

第二次参加助读活动，我更像一名老师了。比起第一次来，这一次的我已经少了几分慌乱与紧张，多了几分自信与沉着。回想起课堂上小朋友们一双双求知若渴的眼睛，身为一名助读者的责任感愈发强烈；看到他们的进步，更是由衷地感到高兴。特别是这次小朋友们的配合是那么默契，更坚定了我在助读路上继续走下去的决心。我将尽自己最大的努力帮助天真可爱的小朋友们，让他们学会与书为伴，拥抱更加美好的未来。

莎士比亚曾说："生活里没有书籍，就好像没有阳光；智慧里没有书籍，就好像鸟儿没有翅膀。"愿每个小朋友都能在阳光灿烂的春天里插上追逐梦想的翅膀，茁壮成长。

愿助读的队伍越来越壮大，愿书籍成为我们永远的朋友。

（山东省实验中学2016级23班　刘子牧）

有点挠头了

冬日暖阳

2017年2月5日，大年初九，我第二次踏上商河助读的旅程，心中充满了期待。本次是爱心书屋的助读模式，与上次的课堂授课形式不同。虽然我依然没有经验，但是汲取了之前的教训，提前做好了准备。车子慢慢驶离学校门口，我的思绪早已飘向了远方的小石家村——那里又是一群怎样的孩子呢？

为了便于识别，我们在汽车后视镜上系了鲜艳的红领巾。没想到，刚上高速就遇到了大雾天气，车窗外白茫茫一片，前面领路的汽车若隐若现。我们不免紧张起来：这种天气还能如期赴约吗？而我更为母亲捏了把汗：她可是头一次高速路上雾中驾车啊！

经过三个小时的“腾云驾雾”，我们终于抵达目的地。虽然比预定时间晚了一个小时，但到达书屋时竟然云开雾散了，温暖的阳光洒在每个人的脸上。

本次我与蔡淳璞、王乐鲲搭档，跟随高老师去小石家村书屋助读。读书不在多少，重在感悟。王乐鲲同学讲述了史铁生的《我与地坛》，他的读书之多、见解之深，让我难以望其项背。蔡淳璞同学则以互动形式介绍了《鲁滨孙漂流记》，问答紧紧抓住了孩子们的兴趣点，诙谐幽默的语言更深深吸引了小朋友的注意力。这不禁让我想起了初三毕业后我在暑假义务讲课的经历，那时我可谓绞尽脑汁、苦思冥想：应该采取什么方法才能保证学生的听讲质量呢？今天，答案找到了。

我简单介绍了几本小说，包括正在热播的电视连续剧《射雕英雄传》。我介绍说，它是根据金庸先生的同名小说改编的，而原著更加精彩，希望他们有时间读一下原著。然后我又介绍了元宵节的传说，并带领他们猜字谜。孩子们的欢声笑语，猜到答案时高高举起的小手，让我激动万分，心底油然而生的是一种成就感：我设计的游戏能够受到小朋友们的喜爱，便是对我的最高认可。我们的支教活动是有意义的，我们可以带给他们快乐。

同时也得承认，我们这些年轻的后生还是缺乏临场掌控的经验，在身份、角色切换时略显生硬，而每每这时高老师就适时地向小朋友提问，及时地调节气氛，几个简单的小问题就能让小朋友投入更多的思考，旁边的家长也默默地点头，真让我佩服。

书屋的老师非常负责，制定了借书制度，建立了借书还书记录本。有的小朋友一次借两三本书且都能按时归还，这让我十分惊喜。

也许有人会问：为什么要花时间、精力去做这件事？值得吗？其实对我来说，每一次支教都是不可多得的机会。因为我能在与孩子们交流的过程中感受到他们那种发自心底的快乐，不仅是活动带来的，更多的是读到好书带来的。而且，我们这些高中生通过活动可以锻炼语言表达、人际交往能力。参与活动的各方都是受益者，何乐而不为呢？

现在开始提问

一处简单的小院，一间简陋的瓦房，一面粗糙的黑板，一个整齐的书架，一群质朴的孩子，便构成了爱心书屋。虽然条件一般，但始终坚持每周开放两次，让孩子们可以有机会与书为伴。

看着书屋外正在返青的麦苗，我很庆幸能够参加高老师组织的爱心助读活动，能够陪伴这些孩子一起读书，见证他们的成长。

暖风吹过，2017年的春天已经到来了。

（山东省实验中学2016级23班　王子跃）

家长点评

浓重的雾霾阻挡不住助读团队的脚步，更无法抵挡志愿者们与乡村孩子们的热情。简陋的书屋内孩子们的欢声笑语鼓舞着每一个爱心使者，他们使尽浑身解数，将自己的所知所闻与书屋的孩子们交流分享，每一个故事、每一次活动都让孩子们异常兴奋。我们和爱心书屋的家长团被浓浓的爱意包围着。

不忘初心

不是每一段美好的旅程都一帆风顺，包括这次助读活动。

我一大早从被窝里爬出来，火急火燎地卡着点赶到学校时，一看除自己外都早到了，心里感到非常愧疚；一问同学得知大巴还没来，才舒了一口气——总算没有耽误大家的时间。可没想到这司机师傅却如此“镇定”，整整比预计时间晚了40分钟才到。这还没结束，一路上风波不断，不是跑错路，就是道路太窄大巴没法过。一次更悲剧的是过一条小路，路两旁是小水沟，车刚刚开到一半迎面来了一辆载货卡车，将近三米的车身把路堵得严严实实，别说掉头转弯，就算倒车一个不小心都有翻车的危险。司机师傅刚想往后倒车，就听见“滴！滴！”两声，原来后面一直跟着一辆卡车。最后都忘了司机师傅是怎么把车开到目的地的了，只记得我们五个男生一路上为各种奇葩事笑得人仰马翻。

到达时约11:40，正好与预计的结束时间一致，真有一种无奈的嘲讽意味。

不仅如此，本次活动也与以往不一样，无论活动地点还是形式。首先并没有到各村中的书屋，而只是在校园中等候着那一帮机灵鬼。一间设施较为完备的教室，方便我在黑板上写下生字，这样一来，我教得舒服，学生们也学得开心。其次是助读的学生分配少了，前三次一般都是两个老师对一屋子小孩讲课，而这次我们两人的助读对象一个巴掌就能数过来，从而大大提高了助读效率，并且保证了每个孩子都能参与到读书识字、获取知识、与他人交流中来。作为一名“老师”，能够让每一位学生在将近三个小时的阅读过程中真真正正学到一些东西，理解阅读的重要性，从而愿意读书，热爱读书，这是我们的心愿所在，助读的精髓莫过于此。

助读，助读，其目的在于启蒙这些正处于学习黄金时期的学生，培养其良好的读书习惯，这对他们将来的初高中学习生活会起到重要的作用。

当然路能走多远，还要看每个人自己的修为。我，现在应该做的就是将这些孩子领上这条路，我所思索的是如何用小孩子容易接受的方式去跟他们交流。学勤于思，现在更应将学化于行，让实践去检验真理。我在其中的受益是潜移默化的，也越来越清楚自己参加助读活动的意义。

我希望每个孩子都能和我一样，让图书把我们带到天涯海角，在知识的海洋中扬帆起航！

（山东省实验中学2016级23班　王子跃）

大家一起合个影

家长点评

“天涯海角心连心”助读活动已经深深触动了孩子们。经过前期的经验积累，孩子已经养成了良好的习惯：提前准备好助读的内容，精心准备滋养心灵所需的养分。即使家长无法陪同，他也从容淡定，每一次助读活动俨然已成为孩子的一份责任和事业。希望孩子谨记：不忘初心，方得始终！

原野与书香

冰雪消融，春风和煦，人们脱去了臃肿的棉衣，原野之上亦展现出盎然的新绿。在这样令人欢喜的时节，我们一群学生来到济南市商河县开展助读活动。

午后三点的阳光甚是温和，照在一排排矮矮的房屋上、凹凸不平的土路上。我开始静静回味一天的经历，感叹何等巧妙的缘分把我带到了这里。孩子们淳朴的笑脸，一声声亲切的“老师”的呼唤，朗读诗歌时的专注神情，不断闪现在眼前。

我们都爱说好事多磨，这次的助读活动也应验了这句话。早晨七点多出发的我们本计划九点半左右抵达目的地，没成想却因为道路问题辗转了接近四个小时。终于找到可以抵达的路时，却发现是一条窄而陡的土路，大巴车仅能勉强通过，车身不断摇晃着，我们的神经也曾一度紧张。一路颠簸，抵达商河县郑路镇张庙小学时已是正午时分。当我们围坐在一起吃着简单、味美的午餐时，欢声笑语与亲切交流，似乎开始把大家引向一个愈发真实美好的世界。

到达张王村爱心书屋所在的院子时，将我们接至此地的大叔喊道：“老师来啦！都进屋去吧！”十几张灿烂的笑脸在我面前闪烁，他们跳着，跑着，很快就端坐在座位前。白墙水泥地的屋子，一张小小的黑板，二三十套桌

我俩和孩子们

椅，一个摆满了各式各样书籍的书架，就是全部了。一切都简简单单，就像孩子们一样。

我与同行的柯然同学准备了清明文化知识、安徒生童话、儿童现代诗等几个主题内容，与孩子们一起学习。开始时他们有些拘谨，也不敢举手回答问题，在我们的一再鼓励下互动气氛越来越好，孩子们也得到了小礼物，他们的笑脸如同春日的花朵，羞涩又愉快地说着“谢谢老师”。我俩领着大家朗读杜牧的《清明》、冰心的《纸船——寄母亲》，小小书屋中传出朗朗书声，温柔的书香飞向绿色的原野。

短暂的课间休息后，柯然向孩子们介绍了今天的特别节目——我故作神秘地从琴包里拿出了心爱的吉他，坐在黑板前，微笑着说道：“今天为大家带来了一样东西，大家有谁听过或看过吉他弹唱吗？”他们疑惑地摇摇头，瞪大了眼睛看着我手里的吉他。我弹唱了一首悦耳的民谣《少年锦时》，赢得了热烈的掌声。当我问“想不想再听一首”时，那一声声清脆的回答“想！”更使我心生温暖。第二首是《奇妙能力歌》，清新欢快的曲调，如同教室后窗投射进来的那束淡淡的阳光，希望它能温暖他们的心房……

每名公益志愿者大概都有一份美好的期冀，我也开始明白来这里究竟是为了什么。与其说帮助他们读书，不如说是让他们在这一方小小的空间里也能感受到书中或许深奥或许浅显的世间情理，带领他们领略外面世界的繁华与灿烂。最终的目的永远不是单单读书，而是使他们成为努力拥有知识、拥有才能的学生。我们和他们谈篮球足球、舞蹈绘画、他们所爱的种种。柯然告诉他们，无论自己有什么样的爱好，如果真的喜欢，那就一定要坚持下去，哪怕仅仅作为生活的一抹色彩。

相聚总是短暂的，时间悄悄地飞逝，三点钟，接我们来的大叔说道："今天时间不早了，大家和老师们合个影吧，老师也该走了。"孩子们蜂拥上来，挤在我们身旁，依依不舍："老师，你们还会再来吗？""老师，非要现在走吗？"

我的内心如同一泓清泉泛起阵阵涟漪——我也是那么不舍。短暂的相遇，其实带给我的，也有那么多那么多。

我笑笑说："一定会的，下次再见，我还要来给你们讲故事、唱歌。"

那个一直端坐在后排安静甜美的女孩说："那真好！老师，我们会等着你。"

坐三轮车返回张庙小学时，又经过那一片片新绿的原野，迎着暖暖的风。我想：那小小的书屋，孩子们甜美的笑容，多像这充满希望的原野。一年之计在于春，有了书香的陪伴，他们必定能在成长的路上收获更多的喜悦。

在这明媚的春日，你遇见了什么呢？

应该感谢缘分的奇妙，使我拥有了一份珍贵的回忆；同时，又暗暗期待不远的将来，在原野之上与书香的又一次相遇。

（山东师范大学附属中学2016级10班　孙凤羽）

家长点评

生机盎然的春天，在希望的原野上，一路的颠簸换来一场美丽的相遇，他们之间其实从未有过距离。阳光尚好，"青春"二字便正如这般明澈简单。

你的眸中藏有星光

告别了七月的酷暑，我们终于在稍有凉爽的风中再次相遇——去平阴参加助读活动。此次同行的有从小学到高中不同时期的几位好朋友，因此更是信心满满。

第一次参加活动的雯琦一路上都在兴致勃勃地问这问那：助读的注意事项，那里的孩子如何可爱，等等。我耐心地介绍前几次的助读经验，回忆着与孩子们短暂、快乐的相处时光。朗诵诗文时那睁大的眼睛，送别我们时那依依不舍的神情……这些天来，一直在牵动着我的心。

坐在去东豆山村书屋的车上，我托腮望着远处，窄窄的土路旁尽是翠绿的玉米地，夏末的天空蓝而清透，原野上袭来的阵阵微风令人陶醉。大约十分钟后，我们到了书屋，但一进门却有些诧异——只有五个小男孩坐在那里。陪同的老师不好意思地笑道：“暑假，许多在城里打工的父母把孩子接去住了，人来得不齐。”虽说人少，但个个特点鲜明、聪明可爱，我在心里默念：“你看啊，他们的眸中，藏着最灿烂不过的星光。”

介绍李白的《古朗月行》时，我问他们：“一起读过这几遍，你们谁可以把这首诗背下来？”那名一直认真听我们讲解的矮个子小男孩犹犹豫豫地举起了手，似乎有些不好意思。原本以为他会背得磕磕绊绊，没想到却一字不漏且语速很快地背完了。在我们的掌声中，他露出了害羞、自豪的笑容。

请看这里

我有些惊讶："这首诗你以前背过还是刚刚背的？"他说自己喜欢背唐诗宋词，在家中就背了不少，还参加过学校的背诗大赛。

我们之间的三言两语，随即在小小书屋里掀起了背诵狂潮。《水调歌头》《沁园春·雪》《小池》等名篇，小朋友们早已烂熟于心，就连那个一直沉默不语的胖小子也在我们的鼓励中流利地背诵了一首《早春》。每个孩子的眼里都闪烁着对知识的渴望，如星光一般。

我们一起讲故事、说笑话，到了开心处一起放声大笑。孩子们不仅诗背得流利，还是讲故事的好手，尤其是那个瘦瘦的、眼睛大大的小男孩绘声绘色讲故事的样子，还颇有几分演说家的风范。同行的刘同学分享了三国、唐宋时期的掌故，期间互动不断。当问到吕布的武器是什么时，有个小男孩脱口答出"方天画戟"，着实令我惊喜。我准备的是地震及逃生知识："也许地震离我们遥远，但多掌握自救知识百利而无一害，大家都要防患于未然。"

神采飞扬的他们，全神贯注的他们，安静可人的他们……阳光的影子在泥地上飞来飞去，窗外那棵高大翠绿的冬青不时为我们送来一抹温柔的色彩。

如果说前几次的助读使我感到新奇、初尝助人为乐的喜悦的话，那么这一次则使我真正爱上了助读。每个人都有接受良好教育的权利，世间的许多角落都有默默努力的人。他们眸中那点微弱却不可忽视的星光，正是我为此前行的动力。不可思议，在十六岁的年纪，我竟可以作为一名小老师来到充满阳光与希望的田野中，去发现、去触碰那些懵懂的眼眸中若隐若现的星光……

（山东师范大学附属中学2016级10班　孙凤羽）

家长点评

夏秋之交的时光总是温柔而富有诗意，正如孩子们眼中的星光。愿努力前行的他们，在小老师的帮助和鼓励下，养成相伴一生的读书习惯。

我们下次再见

“走走，走走走，我们小手拉小手。走走，走走走，一同去郊游。”

返程的路上，这首《郊游》不停地在我耳畔回响——孩子们稚嫩清脆的声音，将我拉回到已经走远的童年。我也忽然意识到，这样快乐无忧的生活也并不一定是由充足的物质条件堆砌而成的。

这是我第二次参加助读活动。按照约定时间，我们一行人在实验中学门口集合。看似顺利的开始过后，迎接我们的却是一个接一个的“麻烦”。

首先是因为我们乘坐的大巴车要先去接另一批学生，导致早上正式出发比以往晚了不少。下了高速公路，又因为车太宽，找不到合适的前行道路，兜兜转转一个多小时，好歹开上了一条高低不平、坑坑洼洼的土路。土路越来越难走，一车人跟着上下左右地颠簸，但大家都毫无怨言，权且把它当作支教的一个小插曲。到达张庙小学时已是中午，只好临时更改了助读计划。吃过简单朴实却美味的午餐后，我们便散开到安排好的书屋，开始了今天的助读活动。

这一次，我和我的搭档王荣书来到了郑路镇中刘村的一个新书屋。开车接我们过去的叔叔，正巧是那个书屋的组织者。

“因为其他村子都有书屋，我们村的二三十个小孩想读书只能跑很远的路去其他村子。我想着，不如我腾出家里的一个房间，给孩子们当书屋。”

叔叔微微侧头，带着自豪而满足的微笑，说得轻描淡写。

我想，一个人要有多广阔的胸怀，才能如此坦荡无私。叔叔的一番话，我听出了作为一位孩子的父亲对下一代人的期盼——哪怕没有充足的条件，也要尽力帮助他们读书，满足他们走向更广阔的世界。也许对于像叔叔一样的家长来说，这项助读活动就是一条可以为他们的孩子提供更多可能性的路。我想，这也是他们对每次活动都如此热情地支持的初衷。从我进入那间似乎多一个人就再也塞不下的屋子起，我就感觉自己肩负着的责任又多了几分。

这是一间被童真与梦想充盈着的房间。孩子们每人拿着一页支教的活动材料，费力却认真地看着。询问过后得知，这二十多人中，从幼儿园到三四年级的学生都有。幸好去之前我们考虑到了这种情况，拿出准备的故事书、绘本，还有必不可少的小奖品，助读便正式开始。

“大家好，我的名字是岳明春潇。”在白板上一笔一划地写下名字后，我问道，“你们当中有没有谁的名字也是四个字的呀？”孩子们笑笑，纷纷摇头。

“有没有小朋友要介绍一下自己啊？”看着座位上一张张略带胆怯与拘束的小脸，我慢慢引导着，“比如，你可以介绍一下你叫什么名字、多大了、现在上几年级……”一旁的荣书拿出小奖品，告诉他们，主动回答问题的小朋友都可以得到铅笔、橡皮，或是田字格本。

首先发言的是一个小女孩，她大声地告诉我们：“今年八岁了，上一年级。”我奖励了她一支铅笔，她小心翼翼地接过去。印象最深的是一名二年级的小女孩，我让她把自己的名字写在白板上，大大出乎我意料的是，那几个字工整又娟秀，一横一竖都带着小孩子在练字时有些刻意的顿笔痕迹，在一旁坐着的我的妈妈也忍不住夸赞字写得好看。

今天讲了寓言故事《蚂蚁与鸽子》，其中的道理很易懂——要怀有一颗感恩之心，要报答曾经帮助过你的人。故事讲完后，我问：“谁可以给大家分享一下自己帮助别人的经历？比如，在家里是不是做过什么家务，在学校是不是帮助过同学……”有了上一环节的示范效应，立刻有好多小手高高地举过头顶，有的甚至还站了起来，用期待的眼光看着我和荣书。有的说，自己帮妈妈洗碗；有的说，自己在家扫过地；还有的说，在学校的时候，帮助同学捡起掉在地上的东西。最让我们惊喜的是一个二年级的小女孩，她告诉我们，她在家时会帮助妈妈拖地。“拖把这么沉，你能拿得动吗？”荣书问。她的脸上绽出甜美的笑容，斩钉截铁地回答：“能！”我奖给她一块很大的橡皮，并告诉大家都要向这名同学学习，希望下次再来的时候，可以听到更多帮助别人的经历。

由于4月2日是“世界儿童图书日”，也是安徒生的生日，在这一天去助读，当然不能不讲一讲这位全世界小朋友都喜欢的童话大王。简单介绍过后，我问：“有谁想猜一下：我们为什么要把安徒生称为‘世界儿童文学的太阳’呢？为什么不叫他‘月亮’或是‘星星’？”孩子们叽叽喳喳地讨论开来——有的说，因为小孩子都是在早上看书的，早上才有太阳；还有的说，太阳很美。我说，大家都喜欢晒太阳，因为太阳总是给人温暖的感觉，而安徒生正是带给全世界儿童温暖的人啊。他们认真地听我说着，有的还露出恍然大悟的表情。

一位三年级的小女孩举手说：“我看过他写的书！”一时间，小小的房间内仿佛炸开了锅——

“我也看过！”

“我看过《丑小鸭》！”

“我还看过《皇帝的新装》呢！”

…………

稍稍稳定一下局面，我请一位女生给大家讲了讲《拇指姑娘》。没想到又是一个惊喜：虽然句子组织得有些磕磕绊绊，但能听出来，她在尽力用许多对她来说有点陌生甚至是高难度的词语，像“渴望”“悉心照料”等。借此机会，我用“渴望”造了一个句子，告诉他们，以后说你非常想要或想做什么事情时，就可以用这个词了。

休息五分钟后，我和荣书介绍了与清明节有关的习俗、古诗、谚语。我们一起大声地背了两遍杜牧的《清明》，看着几乎用尽全力在“喊”的孩子们，我竟有点感动——似乎已很久很久没有见到过如此认真背诗的场景了。随着年龄、年级的增长，小时候的那股认真劲，像是不知不觉间被时间磨淡了。

清明时节雨纷纷，
路上行人欲断魂。
借问酒家何处有，
牧童遥指杏花村。

不知是谁起的头，接下来的十分钟内，我们开展了一场古诗背诵比赛，孩子们争先恐后地举手，分享自己背过的古诗。得到小奖品的同学骄傲、开心，而有些则因为自己想背的古诗被别人抢先一步而小有失落……

小妹妹，我来帮你

大概是下午的缘故，很多小孩子渐渐地坐不住了，见此情况我和荣书便决定带他们唱唱歌。两个同班的女生最初不敢上台唱，但当看到我们手里精美的本子和彩色胶带后，两人便牵着手唱起我们小学时也曾学过的《郊游》。童声脆嫩，有几句虽忘了调，几乎是说出来了歌词，却也十分可爱。

走走，走走走，我们小手拉小手。

走走，走走走，一同去郊游。

坐在最前排的小女孩拽拽我的袖子，告诉我，她才上一年级，没有学过这首歌。于是我问："有什么歌是大家都会唱的呢？"最后面的男生喊道："我们唱国歌吧！"我心想这是个好主意，就让大家起立。吵闹的房间，瞬间被肃静取代。

小男孩起头："起来——1，2！"

起来！

不愿做奴隶的人们！

…………

冒着敌人的炮火，前进！

前进！前进、进！

我看着仰头认真唱着国歌的孩子们，心想：未来的他们也会带着一样认真的劲头，去为自己开辟一条更加宽敞的道路；也会有着不变的炽热眼神，带着朴素而热烈的希冀，在美好的年华里热血沸腾。我要尽我最大的努力去帮助他们，只是为了让他们明白——不管怎样的生活，都足以容得下你所有的梦想。

临走前，我们把带来的两袋图书留给负责书屋的叔叔，当作是赠送给新书屋的礼物。我们背上包准备上车时，几个孩子恋恋不舍地追了出来，其中一个小女孩拉住我的手，怯生生地问道："姐姐，我会画画，等下次我们一起画画，好吗？"

我摸摸她的头："当然可以啦！"

又有小朋友问：“你们还会来吗？”

我和荣书点点头：“当然，我们下次再见。”

（山东省实验中学2016级20班　岳明春潇）

家长点评

春潇是一个非常有爱心的孩子，喜欢读书，也喜欢和小孩子分享读书的乐趣。第一次参加助读，她就没有丝毫的怯场，很轻松地和小朋友们交流起来。这篇文章写于第二次参加助读活动后，经过第一次的登台锻炼，她很快就喜欢上了这种当“小老师”的感觉，读书活动的组织环节也流畅自如，一个下午的时间不知不觉就过去了。活动结束之后，她总会迫不及待地与我分享读书过程中的点滴感悟或小朋友的趣事，那种意犹未尽的感觉和充满快乐的情绪也令我感动。于是，我陪她一起参加的助读活动也就有了第三次、第四次……助读活动不仅为农村小朋友提供了读书的帮助，也使参加助读活动的志愿者学生得到了很好的锻炼。

为师手记【商河篇①】

我来讲个小故事

望着初中同学参加活动的照片快两个月了，终于有机会到书屋再过一把当老师的瘾。这次与上次情况不同，上次是回的母校燕山小学，是阔别已久、装备精良的学校，而这次的目的地则是济南最北的小村落中的小小书屋。那里究竟有什么？从之前参与活动的同学的照片可以看出，那里不过有几张破旧的桌子和一块小黑板、一个简易书橱及少量书籍，还有爱心人士捐赠的凳子。目的地远在商河。一路上，高架、高速、柏油路渐渐变为水泥路、土路，路旁的高楼大厦逐渐变成平房、集市、土屋，单是到达目的地便要两个多小时。

到了武集小学，随后便按照分组前往书屋。那又是一段坑坑洼洼的土路，最终来到一处小院。小院看起来要比普通的院子大一些，进门是一片绿油油的菜地，对面是连门都没有的破屋。正有点发怵，却得知书屋在另一侧。这是经过修缮的小房子，门口挂着“爱心书屋”的牌子。

进了屋，五六排小同学早已端端正正地坐好，小黑板上歪歪扭扭地画着些图画，有树有鸟，还有一笔一画写下的“老师你好”。刚刚站定没来得及放下书包，小同学们便集体起立鞠躬道：“老师好！”

课程由此开始。先是同行的伙伴与我各自简单地自我介绍，接着便做起暖场活动——“你画我猜”。每个人都高高地举起了手。紧接着引入要讲的童话故事。我们讲的是活动团队精心挑选的绘本故事，今天是小兔子离家出走前与母亲的对话和小驴变成石头后父母竭力寻找它的故事，中心主题自然是珍惜亲情。这样的故事，对于城里孩子来说并不新鲜，但是这里的小同学们听得津津有味，我们也全身心地投入到朗读中。

“如果同学们也有一块小红石头，大家想要实现什么愿望呢？”

“我想当博士。”第二排的小男孩说，“然后找到好工作，赚好多好多钱。”

“我想当一名医生，给大家治病。”第三排的小女生说。

“我想买好多好多的书，然后把它们捐给需要的小朋友们。”

“我想和爸爸妈妈永远在一起。”

…………

小同学们的愿望都很质朴，尤其是用乡音说出来，更让人动容。他们的家庭，世代生活在平房、菜畦构成的小村落中，见不到多少电子设备、机械装置，田里的劳作依然主要靠人力。多少孩子的父母终年在田地里劳作，早出晚归，一天两顿饭是常事；有的家庭需要孩子辍学务农，甚至要孩子挑起家庭的重担。一路上，我们看到在父母的带领下兴奋地拿着新买的玩具的孩子，也看到七八岁的孩子骑着电三轮为家里运送物品。孩子们的手上都有粗糙的茧子，还有冻疮，身上穿的是老人缝制的棉袄。他们的愿望没有多么天马行空，但是都能看到孝顺持家的影子。从某种意义上说，他们确实比城里的孩子更成熟。

接着我们又带领小同学读了金子美铃的几首童诗，从小热爱诗歌的我趁机讲授了一些读诗技巧，比如判断诗中的反复、适当加入停顿、在核心句段加强感情等等。小同学们学得很认真，很快就会了。

我问孩子们："什么东西虽然看不见它却在那里？"这个话题引起了小同学的一阵热议，其中一个孩子说到了春天柳树的嫩芽，然后便开始了"春游"。春天的小草、春天的小花，在小同学们的嘴中、眼神中焕发着盎然生机。不知是谁说到了星星，便又开始遨游太空。突然一个小女孩说，还有爸爸妈妈对我们的爱。我惊讶于小同学竟能有这般觉悟，将我们的讨论提升了一个高度。

距离活动结束还有些时间，我便拿出了有曹文轩先生签名、当年在山大附中集体购买的绘本《一只叫凤的鸽子》，稍加介绍便读了起来。这是两个生活在农村中的小男孩秋虎和夏望的故事，他们因鸽子而结缘，却因家境不同而有着不一样的人生。故事的最后，两个主人公化解了彼此的隔阂，成了最要好的朋友。我笑着问："大家有没有嫉妒过别的小朋友呢？"有的说滑板鞋，有的说跳高器，有的说是小弟弟。"小同学们，大家都羡慕别人，换个角度，别人也羡慕我们呢。有着爸爸妈妈的爱，我们就已经是最幸福的人了。"我的话像是点醒了同学们，一阵沉默后，忽然感觉也点醒了我自己。

（山东省实验中学2016级19班　李新元）

家长点评

孩子利用闲暇之余参加助读活动，是很值得肯定的。通过参加活动，新元深切感受到了农村偏远地区孩子们的艰苦生活，感受到了他们对爸爸妈妈的纯真感情，情感上获得共鸣。不足之处是遣词造句还需下些功夫。

为师手记【商河篇②】

时隔三月，到了三伏酷暑，即使躲在空调屋内也难免烦躁不安。我逃回了乡下老家，缩在终日不见阳光的平房角落里。然而当我再次看到助读活动的通知时，依然没有任何犹豫地走出了阴凉，走到了太阳下，与孩子们一起阅读。

这次的助读活动有些特别，首先是规模非常大。与之前相比，这次的大巴车坐满了人，而且听说助读团队的足迹已经拓展到了平阴。在当地政府的协助下，平阴的助读活动发展的速度极快。再者是时间长。本次助读不仅包括一上午两个小时的共读时光，而且在张庙小学扩展为“住读”——学校提供住宿，助读者在当地停留一周时间开展各项活动。还有一点，之前的助读内容多是童话故事或者小说，偶有一两首小诗，而这次的主题则是“科学故事”。为此我提前策划了助读环节，在助读的头天晚上还加班熬夜反复确认，力求达到最好效果。

终于，一段车程后，我们又到了已有些熟悉的武集小学。刚下车便被灼人的酷热包围，不禁开始担心小同学们是否会因为嫌热而拒绝来书屋呢。乘坐已有些熟悉的“三蹦子”，颠簸过已有些熟悉的玉米地，终于见到了小石家书屋的影子。第一次来时，院子里还是一片塑料薄膜，现在已是郁郁葱葱、满眼翠色。

迈入书屋，小同学们的眼睛霎时亮了起来："老师，你又胖了！"还没来得及放下书包的我突然被迎面砸了这么一句，处于减肥计划中的胖子只好自我解嘲："还不是想你们想的。"

然而，课程进行得并不如我们预想的那样顺利。我的老搭档刘同学先以"你知道的科学家"切入，反应平平，远没有我们前两次来时热烈。当我们开始朗读《不一样的科学故事》时，反应越来越弱，曾经的"你说我说"，逐渐变成了"我说你听"，最后变成了"我说你听不懂"。见状我便打断刘同学的授课，开始在粗糙的黑板上画图，希望能通过简图来说明凸透镜成像的原理。然而，或许是自己的语言偏专业，或许是用时太短，台下只是一片茫然的眼神。

为尽快消解这份尴尬，我决定拿出秘密武器：一个塑料盒，里面有一个玻璃瓶、一支蜡烛、两盒火柴和一瓶墨水。"同学们，我们的身边有一样很神奇的东西，它啊，看不见闻不到，但是我们的周围到处充满了它。""是空气！""对，没错，就是空气。那么大家有什么办法知道空气的存在吗？""风！""嗯，非常好！空气的流动形成了风。"

"今天，我要跟大家讲的是另外一个能证明空气存在的方法——大气压力。"看着尴尬的气氛有所缓解，我略略放松了一点。纸巾吸附在杯口不掉落，牙签放在水盆里浮在水面，小同学们看得聚精会神；当气泡涌入、水与纸巾倾泻而下的那一刻，他们都倒吸了一口气。看到这样的反应，我笑着继续讲述大气压力与重力的拔河比赛，分享数百年前托里拆利与760mm水银柱的故事。然而大家又有些困惑，因为难以理解一些抽象的概念，不得已，我只好暂时放弃。

"那我们来'玩火'吧。"我话锋一转，拿出火柴与蜡烛，"小同学们在家都点过火柴吧，谁敢上来点火柴？"一个小男生高高举手冲了上来。我本想示范呢，却不想无论如何都划不着火柴，小男生反而轻松办到了。为化解尴尬，我只好拿出更高端的内容："大家看，我竖着拿火柴时，火柴的火光跳一两下便熄灭了，而斜着拿的时候，火柴就能烧得很旺盛。"小同学们

瞪大了眼睛，看着这“神奇”的现象。不成想一个小姑娘一语点破：“这不就是因为竖着拿时下面的木杆烧不着嘛。”大家顿时恍然大悟，本打算借此引出可燃物与助燃物概念的我有点手足无措，似乎在划火柴方面小朋友都是专家。

我点燃蜡烛，开始验证氧气存在并探究氧气体积分数的实验。这个实验其实是需要物理大气压方面的知识的，这也是我选择先讲大气压力的原因。由于刚刚的授课遭遇了“滑铁卢”，我有点担心。想不到的是，当他们看到罩着熄灭蜡烛的杯子里残留有水分的时候，居然理解了“蜡烛燃烧耗尽了瓶内氧气，而外面的空气将水压入瓶内”这一原理，令我大为惊喜。

实验过后，我又杀了个“回马枪”——用这个现象重新说明大气压力。刚才难以解释的概念此时却如春初涌泉一般，冲破认知的坚冰，引导孩子们将视野扩展到了氧气、大气压力、高原反应、重力、密度等等一系列知识范围。欣喜之余，我萌发了新的念头：让他们自己动手做实验，自己找答案，自己总

老师，你又胖了

结规律。于是我将一本包括六十个小实验的图书放到了书屋的书架上，把今天的实验器材放到了黑板旁的桌子上。“今天我再给大家布置一个实验作业——迷你彩虹，这个实验正好跟刘老师讲的‘光的色散’有关。下次我们再来的时候，希望看到你们自己能完成这个实验。有谁想来完成这个实验？”于是，我们看到了今天最齐整、数目最多的一次举手。

临行前，我被小同学们“扣押”住了：“老师，你画的图把我们写的字挡住了，你要重新写一遍！”我满口答应，于是写道：时间是宝贵的，书更是宝贵的。

返程的路上，我还在回味这一堂课。我在他们这个年龄时已经开始接触好多科学知识，然而在当今中国的一些贫困地方，还有许多孩子没有条件接触到这些内容。或许他们会对生活中的一些现象感到惊奇，却没有人引导他们进一步探究；他们明明可以发挥自己的聪明才智，却无奈地被杂草遮挡。倘若有人能给予他们以科学知识的启蒙，给予他们以星星之火，谁都无法想象会形成怎样的燎原之势。

时间是宝贵的，书更是宝贵的；人生是有限的，知识是无穷的。

我期待着……

（山东省实验中学2016级19班　李新元）

家长点评

通过这次助读经历，新元体会到了城乡之间的教育差别。从燃烧一根火柴的实验，举一反三，引导孩子们将视野扩展到了氧气、大气压力、高原反应、重力、密度等等知识范围，再到“倘若有人能给予他们以科学知识的启蒙，给予他们以星星之火，谁都无法想象会形成怎样的燎原之势”的感叹，可以看出新元的期盼：大力提高农村的教育水平，为农村的孩子插上学习科学知识的翅膀。

盼望着

4月2日是国际儿童图书日，也是丹麦作家安徒生的诞辰。就在这一天，我第三次参加了农村助读活动。看着那一张张天真无邪的笑脸，不由得想起了第一次助读时的情景。

第一次参加活动，心情不免紧张，又有些许的渴望和激动。大约两个小时的车程后，我们一行人到达了武集小学，眼前的一切是再普通不过的乡村模样，整洁的校园在一片片农田中显得格外引人注目。我们根据分组，由各书屋派来的“专车”——电动小三轮分别带回。我蹲在车上，暗自念叨着准备的开场白，伴着车子的颠簸，心里不免有些忐忑。

车还没停稳，一个小男孩就兴奋地跑出来迎接我们。没想到书屋里的设施如此简陋——四排旧桌子，屋角一个书橱，里面的书横七竖八地堆放着。大约二十几名学生，有的挤坐在一张桌前，有的抱着弟弟一起读书，有的没有桌子就直接坐在马扎上。看到他们盯着我，有的还交头接耳，我的心顿时凉凉的。因为这与我心中设想的那个接受知识、领略文学风采的“书屋”差别太大了！

本就紧张，这下更不知所措了，好在同行的李老师有经验，她让同学们安静下来，问：“你们想看更广阔的世界吗？”“想！”大家异口同声。“你们想通过好好学习考学出去还是外出打工？”“要考学出去！”孩子们的声音

这是你的奖品

更加响亮了，眼神也更加坚定了，这让我感到了一丝震撼。即使学习条件艰苦，他们依然有着一颗渴望用知识去探索未知世界的心，也想走出去看看外面更精彩的世界。李老师又说："现在你们还小，没法走得更远，但读书可以开阔你的眼界，通过读书你可以了解这个世界。下面就请这位大哥哥给大家分享绘本故事《田鼠阿佛》。"

于是我硬着头皮上阵了。连自己都能感觉到读得生硬无趣，担心地瞥了一眼，发现同学们似乎被故事吸引了，都在认真地听，这给了我不小的安慰。没想到提问环节大家不是很积极，大概是因为比较害羞吧，这时李老师又伸出了援手，通过朗读、表演来调节气氛，同学们很快活跃了起来。

分享的第二则故事是《花婆婆》，主人公在很小的时候就有三个愿望：一是长大后能够去很远的地方旅行；二是老了以后能够在海边有套房子居住；三是做一件能够让世界变得更美丽的事情。通过努力她最终完成了自己的心愿。

受到绘本的启发，我突发奇想：春天来了，百花开放，怎样让小同学们感受到春天的美丽呢？可不可以共同创作一幅有关春天的画呢？我说出这个想法后，同学们跃跃欲试。美中不足的是没有彩色粉笔，他们便用白粉笔，不一会儿就完成了，大家兴奋地拍照留念。

与屋内冰凉的气温不同，院子里阳光暖暖的。为了不辜负这好天气，我们一起来到院子里做游戏。一开始大家一盘散沙，吵吵嚷嚷的，没能成功；经过调整、努力，最终同心协力完成了游戏，于是大家拍手跳跃欢呼胜利！

…………

由陌生到熟识就是这么快，一上午的时间悄然而逝。我将准备好的学习用具分发给他们，大家恋恋不舍，期待着下次的重逢。

4月2号这天本来要上课，可想起与小同学们的约定，我还是决定请假前往书屋。因为，他们盼望着我来，我也盼望着如约而去。

（山东省实验中学2016级24班　卢楷源）

家长点评

“为别人点一盏灯，照亮了别人，也照亮了自己。”助读者在活动中感受到了帮助他人的快乐，更收获了自信。特别感谢“天涯海角心连心”助读团队提供的机会，让孩子通过一次次活动逐步变得独立、成熟，培养起了责任感与使命感，这对孩子积极向上的价值观、人生观的塑造起到了潜移默化的作用。

伴着书香成长

3月19日，我第二次随高老师带领的“天涯海角心连心”助读团队来到了商河县郑路镇开展助学活动。明德小学的校领导和老师热情地迎接我们。按照分工，高老师、杜老师去蓝天书屋，孙子力同学去季家书屋，我、安宝妈妈和我的父母去黄岭书屋。

黄岭书屋就在不远的村口，和村委会在同一排平房里。干净的院落、新漆的粉墙和崭新的建筑，都表明村领导对书屋和教育的重视。一走进教室，热烈的掌声就像欢迎贵宾一样响起来，一张张稚嫩的小脸上写满了期待。令人欣慰的是，同学们的桌子上都有一两本书，相信质朴的他们真的是出于喜爱而自觉地拿起了书本。

本次助读的书目是美国作家玛格丽特与画家赫德合作、写于上世纪中期的经典绘本《逃家小兔》。孩子们之前可能很少接触绘本这类书，所以我先花了一点时间解释绘本的概念。接着介绍了绘本的作者情况和写作背景，带领大家阅读了绘本的开头，分享了美丽的插图，随后请同学们上台分角色朗读小兔子和兔妈妈的对话。大家踊跃报名，读得非常认真，听得也格外用心，期间我不时插入一些有趣的讲解，让课堂变得更加生动。

每名同学读完，其他人都给予鼓励的掌声，教室里的气氛非常热烈。在这个过程中我又一次发现，图画对于低幼年龄段孩子的超强吸引力远远超出了我的想象。这类图书虽然看上去没有什么高级的技法，构图也比较简单，但恰恰符合孩子们的特点，能激发他们产生联想与想象。

接下来，我们又一起阅读了金子美铃的诗歌。我把一首首小诗抄在黑板上，带领大家大声朗读，逐句讲解，共同领略美妙的诗意。这期间，我们分享了著名的《向着明亮那方》《露珠》《小石头》等诗歌。见同学们意犹未尽，我便和他们相约下次带来更多的好书。

下午，我们在明德小学共同听安宝妈妈分享绘本《米歇尔，一只倒霉的羊》。安宝妈妈把绘本中的文字全部去掉，让同学们看图听故事，期间她不断地提问，大家争相抢答，不时发出阵阵笑声。分享结束后举行了图书捐赠仪式，助读团队将200余册图书赠送给了明德小学书屋。在这里要感谢省实验中学国际部2016级张晓宇同学组建的赤枝小队，这些书籍有很多是他们小队利用共享平台募集来的。

听大哥哥讲故事

回来的路上我非常兴奋，感觉第二次助读比之前有了很大的进步：独立面对同学们，少了几分紧张与慌乱，成长了许多。课堂上，同学们热切的眼神、积极的参与，家长的热情配合，更让我感受到了一种强烈的责任感——我要尽最大的努力帮助弟弟妹妹们，培养他们阅读的兴趣，让他们在阅读中健康成长。

总结一下，今后的助读还有不少可以改进之处：一是要引导低年级的同学更细致地观察插画，尽量激发他们的想象力；二是小组合作的参与度十分重要，这也是我未来备课中应该注意的环节，就是要多设计分角色朗读、小组合作阅读环节，提高每个小朋友的参与度；三是以后的讲课，最好邀请家长同时参与，以促进亲子阅读；四是应该不定期举办家长讲堂。助读重在对小朋友读书意识的培养，而这种培养首先取决于家长对读书重要性的认识，特别是在教育资源相对贫乏的农村，这一点更加重要。

一个多小时的助读，我觉得口干舌燥，胳膊酸得不行，也约略体会到了老师的辛劳。望着高老师瘦弱的背影和缕缕白发，一种钦佩与感激油然而生。展望明天，我会更加珍惜老师对我们的培养和教导，更加珍惜助学路上的每一次机会。

（山东省实验中学2016年23班　王乐鲲）

家长点评

非常感谢高惠燕老师带领的“天涯海角心连心”助读团队，感谢高老师带领乐鲲参与到帮助农村小学生培养阅读习惯的活动中。通过活动，不仅把知识带给了小弟弟小妹妹，也让乐鲲体会到了担当和责任。每次助读前，他都查阅资料，认真备课，尽最大努力完成任务。通过活动，我看到了他的成长，看到了老师对他的爱经由他向外传递。“赠人玫瑰，手留余香。”愿孩子们常怀感恩之心、仁爱之心，用实际行动促进助读活动蓬勃开展，让农村更多的孩子能够通过知识改变命运。

第三辑 麦田里的守望者

麦田里的守望者

我之前在商河参加了两次支教活动，却没有进行文字性的总结。在实践中寻找经验固然好，不过如果缺乏系统性的总结、分析，以后就很难有明显的进步。因此，才有了下面的这段文字。

第一次活动，我选择了英语作为针对六年级学生的教学内容。由于并不了解大家的英语水平，所以先进行了听力和单词量测试，结果发现同学们已经熟练地掌握了课本知识——这颠覆了我脑海中原有的农村小学生英语基础较为薄弱的观念。基于此，我利用上午时间对同学们进行了英语知识的拓展。

我认为要想培养同学们对外语的兴趣，需要先拓宽他们的视野，所以第一节课的内容是世界地理。我先在黑板上写下四大洲的英文单词，进行发音纠正和词义解释，继而将单词放到句子中说明其应用语境。同学们对描述位置的英文句型掌握较好，但在单词发音方面还需要加强。为增强大家的兴趣，我在黑板上画了张简易世界地图，将这些单词填到图中，并补充了四大洋的英文单词、名字的来源等知识。

第一节课，根据孩子们的课堂表现，我感觉课堂容量偏大。不过我发现，其实他们的接受速度很快，课上讲的几个单词，在课下乃至一周后检查时依然能够回忆起来。曾有人做过一次教学实验：将四十分钟的英语课压缩到五至十分钟，课堂效果依然良好。这让我反思：我讲的时间是不是过长？内容拖沓吗？不确定自己能否全面地认识这些问题，只能请大家帮助指正了。

课外活动结束后，我通过游戏的方式来巩固上节课的内容，同学们的表现十分积极，效果良好。

下午我在另一个班讲了同样的内容。虽说有了上午的经验，但由于忽略了两个班的差异，所以这次同学们不是太积极。从大家的表情可以看出：讲课确实需要因人而异。

课后同行的几位同学来找我，说在控制班级秩序方面遇到了点问题。我过去一看，四年级的这间教室光线阴暗了许多，学生较少，也不太热情。于是，自我介绍后我准备开始讲授英语，而意想不到的情况出现了：同学们说已经上过英语课了。

我只好临时决定改讲数学。先了解了一下大家的数学基础情况，然后我决定丰富他们的三角形、梯形面积计算方面的知识。尽管自觉已经尽了全力，可是课堂效果和我预期的依然有差距。其中的原因需要进一步探究，重要的是总结经验后，争取下一次做得更好。

写完这篇总结，与其他同学的进行了对比，发现我的文章里“我”字出现的频率更高，而“孩子们”出现得少。同学们都提到了对孩子们的关心、喜爱，我却没有。我试图回想在小学待的一整天时间里，我对他们表现出了发自内心的喜爱和关心了吗？似乎没有。我也是尽了全力想把课教好的，然而确实没有内心的感动。

记得临走时，面对着孩子们的笑脸，我的内心还是有一点波澜的。不由得想起《麦田里的守望者》的主人公：虽然对外界保持着逆反、厌恶的态度，内心深处却依然存有一名年轻人不寻常的爱心。他的理想工作是在金色的麦田里看着孩子们欢快地玩耍，守护着他们。

或许在我冷漠的背后，也隐藏着另一个善良、有爱心的我，只不过自己还没有发觉罢了。

我们在孩子们的欢笑中离开了这所不一样的小学：她虽然没有钢筋水泥的教学楼，但低矮的瓦房却透着朴实、美好的气息。或许在这种环境中长大也是一种很独特的感受吧。孩子们的生活并不像我们想象的那么单调，在远离城市的乡镇中，童年或许更加美好。

下午的阳光照进车窗，又要回到了熟悉的繁华都市。途中几个同学打着扑克消磨时间，我兀自看着窗外一望无际的麦田，心中顿生感慨：一切都是美好的、平淡的，这就是生活。

（山东省实验中学2013级　蒋季余）

一定会再相遇

商河助读活动已经过去两天时间了，我的心情依旧难以平静。

一路上紧张的心情化为手心的汗珠，每靠近小石家书屋一步，心中的激动便多了一分，但这些不稳定的情绪在进屋的一瞬间全数散尽。那是一间怎样的屋子呢？映入眼帘的是几排木桌，一块简陋的、写着“欢迎老师来助读”几个并不规整的大字的黑板，后面是一排书架，摆放着各种图书。不大的屋子里光线并不明亮，但那一双双闪着光芒的眼睛照亮了整间书屋。在此之前，从未有机会像今天这样面对一群未曾谋面的、天真烂漫的孩子，刚刚消散的紧张感卷土重来，前一天写到很晚的稿子突然从脑海里化为虚无，只好转为临场发挥。从这里就能看出我在这个方面的能力是很不足的，比起跟我一组的李新元，我简直就像是个刚学会说话的孩童。这也算是个教训吧，人总要在一次次的磨炼中长大。

临别合影

当天的时间不多，也有

可能是因为想分享给孩子们的太多而显得时间不够。我们首先通过一个游戏——你比划我猜，引出我们接下来要讲的故事——“逃家小兔”和“驴小弟变石头”。这大概是这么长时间以来最富有感情的朗诵了，但读完之后我和孩子们的互动比起李新元的边读边提问要逊色许多。不管怎样，我们的每一个问题都得到了热情的回应，也收获了很多意想不到的答案。比如：“生活中有什么是确实存在的，但我们又看不到？”有的孩子回答：“刚发芽的柳枝！”也有的讲：“白天的星星！”但最令我感动的是一个看起来比多数孩子稍大的女孩，她说：“是妈妈的爱。”听后真觉得心里有一股暖流在激荡，他们是多么善良朴实，多么纯洁可爱，他们注意到了我们平时最容易忽视的东西。是啊，父母对我们的爱是那么热烈而深切地存在着，我们却常常会忽视它。

比起我那些无用的稿子，李新元的准备让我自愧不如，他的临场发挥能力更是我无法企及的。他带来了曹文轩先生的《一只叫凤的鸽子》，我们以互动形式朗读了小说的部分内容，并在读的过程中给孩子们展示了书中的插画，同时辅以对人物的分析，孩子们都听得很入迷。当我们还想往下讲的时候，被告知时间已经不多了，要尽快切入阅读感受的分享环节。

两个小时的时间在这样的环境中竟如此短暂，我们在孩子的提议下全体起立高唱国歌。看着眼前这群认真的孩子们，心里满是欣慰：他们都是祖国的花朵，是祖国未来的希望。我和李新元最后分别讲述了读书带给我们的影响和读书的意义。教育学家苏霍姆林斯基曾说过：“无限相信书籍的力量，是我的教育信仰的真谛之一。”阅读让孩子们的心灵不再局限于他们居住的地方，可以让他们和伟人进行超越时空的对话；阅读更让孩子们感到幸福，书中的故事给了孩子们一个童话世界，让他们能从现实中暂时剥离出来，进入更高的层面，那是一个属于他们的世界，一个只有他们自己知道的世界；阅读不能改变人生的起点，但可以改变人生的终点。阅读让人生永不听任命运的摆布，执着地走向梦想的极地。他们是一群怀揣着梦想的孩子，他们需要阅读，这正是助读活动的意义所在。

人生中总要面临无数次的分别，纵有再多不舍，可终究要离开。与他们拉钩约定，我们一定会再去助读。我可不想变成小狗，所以，一定会去的，并且是以更好的姿态去。

一定会再次相遇的，我相信着。

看啊，又是一年春来到。微风将书香与花香融合在一起，吹到我们每个人的身旁，送进我们每个人的心里。

（山东省实验中学2016级3班　刘梦瑶）

家长点评

宝贝，妈妈没想到你第一次参加助读活动就表现得这么优秀。这是一项爱心活动，妈妈为能和你一起参与其中而感到骄傲。通过助读，我们奉献爱心，快乐自己，在爱的路上携手前行。

春天的希望

这个字应该这样念

湛蓝的天空飘着几朵白云，阳光温柔地抚摸着每一个生命。看着这明朗的天气，心情也大好，更因为又可以见到小石家书屋那群可爱的孩子们了。

俗话说“好事多磨”，今天真算是领教了。因为这次参加活动的人员比上次多得多，所以我们是坐着大巴去的。车子在村里绕来绕去，坑坑洼洼的土路让大巴颠出了过山车的感觉。当我们仍迷失在这片土地上时，时针已经转到了“11”的位置。

几经辗转，终于到了张庙小学，只得先在这里休息、吃午饭。虽然一上午都是在颠簸中度过的，但并没有影响我的心情。这次，为了让孩子们有更充实的体验，我针对清明节主题和儿童诗活动做了专门的准备，休息时也拿出材料认真复习。因为上次助读我说过：“下一次来，一定以更好的姿态来面对大家。”

这次我和李新元是坐着三轮车去书屋的。熟悉的书屋在眼前一点一点放大，脑海里不停地设想着与孩子们重逢的画面。进了书屋，光线忽的暗了下来——还是熟悉的黑板、熟悉的桌椅、熟悉的书架，只是少了好几个孩子。可能是中午回家还没来得及赶过来吧？我这样安慰自己。

少了拘谨，像老朋友重逢一样，我们开始上课。这天正好是“世界儿童图书日”，也是丹麦儿童文学大师安徒生的生日，所以李新元先带着大家走近安徒生，加深孩子们对安徒生的了解。由于材料上的《丑小鸭》篇幅太长，因此我们就带着孩子们朗读了主要章节，也没有很刻意地提问，只是像拉家常一样，你一问我一答的。孩子们提出了各种各样奇奇怪怪的问题，李新元从容地微笑着，一一作答——他真有做老师的潜质啊！

随后，我向同学们介绍了清明节的相关知识。这毕竟是中国的四大传统节日之一，我希望孩子们能获得更多中国传统文化方面的知识，并且真正喜欢这些被当今许多人忽视的东西。我认为，身处于世，无论何时，无论何地，都不能忘根，不能忘本。

冰心的《纸船寄母亲》，表达的是对于母亲的思念。我想，这位母亲不仅仅是生我养我的母亲，更是我们要崇敬于心的祖国母亲。第二首《假如我是一片雪花》，给我的感觉就是满溢出来的童真。我带着期待问：“如果你们是一片雪花，你们会干什么呢？”果然没有让我失望，孩子们的想象力是我远远比不上的。有的说：“我想飘到动物园里，和可爱的动物们一起玩耍。”有的说：“我想飘到童话故事里，买小女孩的火柴，这样她就不用挨冻了。”也有的说：“我想飘到爸爸妈妈身边，帮他们干活，这样他们就不用那么辛苦了。”

此刻坐在这里写下这些文字的我，依然不禁红了眼眶。是啊，孩子的内心是那么纯洁，那么美好。如果可以的话，我很想一直守护他们纯净的心灵，但以我现在的能力，能做到的只是不定期地陪伴他们读书，让他们爱上读书，让书保护他们的世界永远洁白——这样，我就很满足了。

讲课的过程中，几个熟悉的身影蹦跳着跑进屋，一个小姑娘激动地抱住了我。我就知道，他们一定会来的。

两个小时的课任谁都会累，我和李新元也想偷个懒，就带着孩子们来到外面，玩起了他们喜欢的跳大绳和李新元提议的“心有千千结”游戏。牵着他们的小手，发现指甲里藏着许多泥垢，突然有些心疼，手上又握紧了一些。

果然孩子们更喜欢室外活动，看着他们绽放笑容的脸，我们也满心欢喜。我想，村子里平时也一定回响着他们的笑声吧。很享受这段时光，让我们的距离又拉近了，不只是身体上的，更是心灵上的。

回到教室，我提到了上次布置的作业——介绍这段时间自己看过的书。有几个孩子立刻举起了手，我让最先举手的她（遗憾的是没有记下她的名字）站了起来。这是一个令人惊叹的孩子，她讲的是《绿野仙踪》，一个人撑起了20分钟，从头开始，每一个细节也不放过，每一个角色的名字都记得清清楚楚——多么惊人的记忆力啊！于是我心生感慨：假以时日，这个小同学将来一定大有前途！只是有些担心，在这小小的村子里，她会不会被埋没。想到这里我更明确了自己的目标：以我现在的能力，只能带他们多读几本书。如果可以的话，长大了，我也会一直坚持支教。这些孩子们不应该止步于小山村，他们有权利去到更为广阔的天地。我们就是他们背后的助力。希望我的这一份助力能起到实质性的作用，也不枉曾经来到这里。

春天，终于来了。春雨浇灌着希望，梦想萌芽于土地，萌芽于我们的心里。下次再见，一定是更加绚烂的春天。

（山东省实验中学2016级3班　刘梦瑶）

家长点评

人间有爱，有爱才有希望！妈妈希望你将你的爱心一直传递下去，帮助更多的孩子。妈妈会一直陪着你，将支教进行到底。

梦开始的地方

第一次走进北师大的校园，心中不免有些激动。校园影壁墙上，启功先生书写的“学为人师，行为世范”的校训刚劲有力。虽然还是暑假，校园里却彩旗招展，热闹非凡，原来第三届中国教育创新成果公益博览会要在邱季端体育馆举办。作为“天涯海角心连心”团队的学生代表，我非常有幸跟随高老师参加了这次活动。

（一）

活动的氛围从一下公交车就可以感受得到：随处可见戴着参展证的人；通往体育馆的路上，一块块展板记录了一个个生动、新颖的教育科研成果；体育馆前人们排起长队等待入场。

简短的开幕式后，博览会正式开始，参展团队都使出浑身解数，向参观的人介绍自己的成果。我们在“阅读和思维”展区，作为助读学生代表，刘梦瑶、岳明春潇、孙凤羽和我承担着讲解员的职责。相比很多展位而言，我们没有眩目别致的宣传片，没有五光十色的展品，甚至连宣传单页都没有。因为作为纯公益组织，我们有限的经费都是由社会爱心人士捐助的，必须精打细算。话虽这么说，我们两块不大的展板还是吸引了很多人驻足。

在诸多参观者中，给我印象最深的是一位来自西宁的女校长。她在人群中是那么与众不同：身着的民族服饰是来自草原的深绿色，脸颊上带着特有的高原红，而一副眼镜又给她平添了几分书卷气。她在我们的展位前停下脚步，一字一句地阅读着活动介绍，随后又亲切地向我询问起活动的细节：助读人员如何组织，活动中遇到的困难有哪些，助读的内容是什么……我一一作答。

听完介绍，她对我们的活动赞不绝口，并希望把这种模式推广到青海地区。通过交流得知，青海的教育发展面临着诸多困难，其中最主要的问题是语言：汉语对于当地孩子来说，听说读写都有很大的障碍。她希望能与我们合作，为当地的孩子带去一些绘本、书籍，既能帮助他们学习汉语，又可以培养他们的阅读兴趣。离开展位的时候，她特意送给我一套有学校特色的书签，为我们的助读活动送上了最真诚的祝福。

（二）

我们的沙龙活动安排在第二天下午，只有短短四十分钟。为了在最短的时间内更好地介绍我们的活动，上午我们留在宾馆内完善发言稿，一遍遍地排练。因为是自己的亲身经历，所以都是有感而发。本以为不善言辞的我面对如此正式的场面会有点胆怯，但当我走进会场、看到台下观众的热情目光时，却因突然感到了肩负的使命而信心倍增：要让更多的人了解我们的活动，让更多乡村的孩子得到帮助。

高老师开场先做主题发言，声音平和，娓娓道来，一字一句，掷地有声。虽然台上的她身材娇小，但一举一动却从容自信，配发的PPT中一幅幅活动的照片不断切换，一张张乡村孩子的笑脸刻印在台下观众的心中。该我们上场了，我们四人分别从书屋中的孩子、当地的家长和助读者的感受等方面进行了介绍。最后，由商河县郑路镇张庙小学张毅小朋友的妈妈分享助读活动对孩子和家长的影响。张毅妈妈这次是坚持抱着生病的六个月的小儿子来参加展会的。

沙龙是顺利的，也是成功的。很多人在活动结束后走到高老师身边，说他们受到了很大的触动。有一个团队的负责人把自己研发的一套阅读材料赠送给我们，希望能帮到书屋中的孩子；有的机构说愿意与我们合作，用他们的益智玩具丰富书屋的活动形式；一位山西的乡村教师说，她听了好多场沙龙，但只有这一场是从头听到尾的，并坚持与我们合影留念，说我们是所有参展团队中“最美的”。

回宾馆的路上，我们都有些累了，只有张毅小朋友拿着教博会上拼接的彩色纸蝴蝶兴高采烈地玩耍。在夕阳的余辉下，五彩斑斓的蝴蝶恰如乡村孩子心中五光十色的梦一般，而书屋助读，也正是他们，同时也是我们梦开始的地方。

（山东省实验中学2016级24班　冉昕平）

山高水远，这份爱伴我走来

8月19日，北京，地铁站。放眼望去，到处是人头攒动、人潮涌流，人们提着公文包、背着书包、拖着行李，在这座城市的时间齿轮上飞速转动。而我们，穿过人海，要在美丽的北京师范大学聚首，为了那些我们牵挂的孩子们，也为了我们心中的那份信念。

当收到要代表“天涯海角心连心”助读团队参加第三届中国教育创新成果公益博览会的消息时，心中是满满的兴奋与自豪。火车上，我一路都在望着窗外飞驰而过的风景，脑海中浮现的却全是在书屋和孩子们一起度过的美好时光。小同学们聪慧可爱、渴望知识的模样，仿佛使我抵达了积压头顶的乌云的另一端，看到了孩子们书桌一角的阳光。高老师瘦小的身躯，被沉重的双肩包压得直不起腰来。我知道，那里面放着的除了笔记本电脑、书籍，还有沉甸甸的爱。同行的几位同学都是助读团队的成员——文静大方的昕平，善解人意的梦瑶，还有活泼开朗的春潇。昕平妈妈的陪伴更让我们感到暖心，而且还有商河县郑路镇张庙小学的书屋管理员张毅妈妈一家四口一路同行。昔日助读时，我们一起为乡村孩子送去温暖；今朝相聚京城，我们希望一直以来的付出能够得到更多人的认可，进而有更多人愿意加入我们的行列。

8月20日，北师大邱季端体育馆。开幕式上，多位资深教育专家都提到了农村教育的极端重要性和所面临的艰难险阻。听着他们或慷慨激昂或沉着冷静的发言，我们更为此行感到骄傲，为书屋里的孩子们感到欣慰。我和春潇一组，昕平和梦瑶一组，轮流为到我们展位参观的嘉宾介绍“天涯海角心连心”助读团队一年多来的工作：我们的团队由高惠燕老师发起创建，成员包括济南市多所学校的学生、四面八方的爱心人士，一般每隔一周去乡村的书屋与孩子们共度一段美好的时光……我们四人有条不紊地讲解着，但愿人们能从我们的话语中感受到乡村孩子的淳朴可爱，感受到原野上的阵阵清风给予我们的闲适宁静，感受到每一名助读者心中燃起的火花的温度……

21日的沙龙活动可谓精彩之至。高老师做了“农村学习型社区构建方案”主题发言，温暖的声音中透出了一股坚韧向前的力量；我们四名同学则从助读者的视角，展现了与乡村孩子们共同度过的美好时光的画面，以及助推孩子健康成长的公益热情。最后张毅妈妈的发言更是声情并茂，打动了在场所有的人。他们一家四口从商河农村一路赶来，六个月大的小儿子一直在发烧，只好半夜去医院诊治……作为一名书屋家长，她坚持要把最真切的感受、最诚挚的感谢带给现场的每一个人。参加沙龙的观众掌声不断，我想，这就是对我们最大的支持与鼓励吧。

…………

临行的时候，我又回望了一眼京城——繁华、拥挤、忙碌。我们每个人在今后的时光里都要奔波在茫茫人海之中，为实现梦想而不懈奋斗。在通向理想彼岸的漫漫征途上，我们有幸成为了点亮那些乡村孩子小小心灯的人，虽然只是花了一点点时间、一点点精力，却也许能改变他们的一生。当我们怀着这样一份心情去为了理想而跋涉时，会因为心底的那份爱而不再孤单。

你看到那一盏盏悄然亮起的心灯了吗？

（山东师范大学附属中学2016级10班　孙凤羽）

家长点评

以爱作桨，以梦为帆，在通向理想彼岸的漫漫征途上，那些缓缓亮起的心灯，那温暖的光芒照亮了他人和自己的路。愿孩子们携手共进，在奉献与收获中成长。

我是助读团队代表

悟春天

读书，可以看到外面的世界。助读，就是帮助农村的孩子打开一扇窗，去接触世界的五彩斑斓。

伴随着春日暖阳，一早踏上了助读之旅，赴一场春的约定——参加商河农村书屋助读活动，引导更多的孩子爱上读书。

助读对我们而言只是尽绵薄之力，关键的，还是要帮助农村学生养成良好的读书习惯。助读带有支教性质，更多的是体验当地的环境，发现问题并帮助改正，否则，不用说一次两次，哪怕去再多次，也没法从根本上帮助他们。

不像是西南边陲的贫困山村，需要每天翻山越岭到危房里上课，这里的小学校园设施很新，有塑胶跑道、篮球架、健身器材、乒乓球台等；校舍整齐划一，音响、桌椅崭新，政府在教育方面显然投入了很多。但是，校舍环境跟上了，师资能跟上吗？带着这个疑问，我要去周围村里的书屋完成助读任务。

一下车，就有学生家长热情地上前迎接，小学生对我们的到来显得十分兴奋。从这点可以看出，不管家长还是学生，都是重视教育、热爱读书的。

进了书屋，发现每个人的桌前都放着一本打开的书，而问他们是否喜欢时，回答却是“我不喜欢这本”“我没看过这本”。童言无忌，这个书屋真的经常开放吗？书架这么高，小学生够得着吗？书架上的书确实适合各个年龄段的学生，但是杂乱无序地放在一起，这些还认不全字的学生真的会来找书吗？带着满脑子的疑问，我和搭档开始了工作。

原本打算从我们自身经历讲起，但发现小学生们有些紧张，便临时改变计划，先以提问发奖品的方式活跃一下气氛。首先让他们介绍自己的情况和喜欢的书，积极主动的可以得到奖品，这样课堂气氛慢慢调动起来了。

书屋虽然简陋，却无法阻挡孩子们对知识的向往。继续提问，他们的水平还是令人惊喜的。有人爱看《十万个为什么》，能熟练并顺序地背出八大行星；有人爱看小说，十几个人物名称倒背如流。一、二年级孩子对书的喜爱是单纯的，主角很聪明就很喜欢，很漂亮也很喜欢。七八岁时虽谈不上深入的思考，但说起自己所爱之书时的骄傲、开心却溢于言表。

第二个环节，朗诵春天主题的诗歌，二十几个孩子站起来高举右手大喊“我会背”，连一、二年级的孩子也能默写七言诗，背诵《弟子规》。我渐渐注意到他们在背诗、读书、与我们交谈时用的是普通话，但他们之间交流时却用的是方言。后来得知，在那所集合着附近几个村学生的小学里，方言是“通用语言”。由于四五十岁的教师占了绝大多数，方言便成了他们上课的语言。

万事开头难。虽然有许多困难，但是看到崭新的校舍，看到学生们学习求知的劲头，以及越来越多的人开始关注教育，相信在不久的将来，他们将能真正自由地遨游在知识的海洋里！每个学生在背诵时都尽了全力，清脆的声音冲出书屋，给人以力量。没有暖气的屋子微凉，但在齐声诵读之中，我感受到了春天，感受到了春天的活力。

不知不觉，一上午的时间转瞬即逝，同学们的热情却愈发高涨，最后几乎每个人都站起来、举着手，为的是能在大家面前展现自己的风采，表达对书籍的热爱。反观生活在城市的我们，实在是太幸福了。家里书架上满满的书籍不知多久没有动过，渐渐蒙上了灰尘；教室中饱含激情的朗朗读书声早已成为记忆的碎片，又有多久没有背诵国学经典了？如今上了高中的我们仿佛失去了青春的活力和朝气，而来到这里，却好像触碰到了记忆的深处，想起了曾经的时光……

这个活动是有意义的，让我感受到在城市的边缘，破旧的砖瓦农房遮盖不了孩子们内心的富丽堂皇。他们对现实社会的认知并不多，却有着对书中美好世界的无限向往。这种力量是感人肺腑的，是不可阻挡的，这也是我们会将助读活动坚持下去的原因。看到他们有一点小小的进步，我们的内心便会满足。

回程，脑海里一直萦绕的是高老师的那句话：Lead to Read，Read to Lead!

（山东省实验中学2016级24班　张子晨）

春天来了

家长点评

首先感谢高老师给孩子们这样的锻炼和成长的机会，感谢昕平妈妈细心准备了关于春天的诗词文章。这是孩子第一次参加助读，第一次面对二十几个小朋友，没有怯场，小老师当得有模有样。细心的小老师照顾每个孩子的情绪，走到内向不敢举手的孩子跟前鼓励他们大胆说——这点很让我感动。

助读前的晚上，子晨忽然问我："书屋应该有很多书吧？我有很多小学的课外读物，是不是可以带着送给他们？我写的那幅《陋室铭》挂到书屋应该很合适。"好主意，先去看看书屋缺少什么书籍再说吧，书法作品还是请示一下老师。我咨询的时候已是深夜，没想到高老师迅速回复了我，真是让人感动。

助读真是一项好活动，为我们的孩子了解社会打开了一扇窗，多了一个看事情的视角，获得了不同的感受，开阔了眼界。通过自己的行动帮助到别人，自己也有很多的收获，何乐而不为？

温暖的冬阳

早上六点半的济南是沉默的。

伴着层层叠叠晕着温色的云，踏着石子路，鞋跟接触地面发出的“嗒嗒”声飘散在空中，看着呵出的热气在刺骨的寒风中氤氲，一切都好像看不真切似的。小摊上豆浆的热气还在耳边停留，包子的香味仍在鼻尖徘徊。

初冬的气息在这座城市蔓延。

车玻璃上的水雾映出路边的景色，灰黄色的影子在眼前跳动，心却意外地雀跃起来。车内的欢声笑语与汽车的鸣笛互相交错，唤醒了倦怠冬日下睡眼朦胧的生机。望着连绵的树海在目光的尽头消失，我的心中早已期盼着与孩子们的见面。

与孩子们的相遇，是在一间小矮房里。走进屋子，四壁空荡荡的，除了书架和几排桌子，便只有一扇窗户通向田野。孩子们端正地坐在桌旁，穿着厚厚的棉服，一双双怯生生的眼睛饱含着渴望与期待，望着我。

一切突然变得明亮而又利落了起来。

问大家重阳节有什么习俗时，孩子们积极性之高出乎意料，高高举起的小手，迫不及待的眼神，给了我许多答案：赏菊花、登高、家人团聚……听着《海底两万里》的故事，孩子们脸上的表情也随着情节的起伏而变化，看得出他们在细细品味着故事中蕴含的道理。自由活动时间，孩子们拿着一本本书围着我，央求我讲解书中的内容：从宇宙诞生到昆虫种类，再到人体结构和破案推理……

最后的最后，我与孩子们告别，踏上了归程。冬日的阳光赶不走身边的凉意，却将脸晒得泛起热浪，心中却还在回味着与孩子们相处的点点滴滴。他们的眼底有清澈的泉水、璀璨的星光，只是分给我那一抹弯月，就足够换取醉人的欢愉。

（山东省实验中学2016级24班　黄滢冰）

家长点评

每次助读回来，女儿都会和我聊起参加活动的想法与感悟，为自己能帮到乡村小学生而开心不已。通过助读，女儿变得更有责任感，也发现了自己有许多需要改进的地方。希望她能不断地成长，能够帮助更多的乡村孩子们。

快乐共读

更远的地方

讲故事

已经是第二次参加“天涯海角心连心”支教活动了，这次去了香王店村。在那里我收获了很多，见识了很多。

到达香王店村的时间比预计的早，于是我们一行人便先参观了小朋友们的校园。校园建得很别致，弥漫着春天的气息。教室不大，走廊两侧贴满了学生和老师的书画作品，一路走来一路惊喜。

之后在支教老师的带领下我们走进了当地的书屋，由我先给小朋友们讲几则名人读书的小故事。刚开始他们还有些害羞，提的问题没人举手发言，但在老师的带动下很快就活跃起来了。讲故事的过程中我发现小朋友们的纪律意识很强，听得很专注，没有交头接耳的情况，讲完后故事中的很多情节甚至人名他们都能记得。

随后两位学长及他们的父母分别上台讲了自己的学习以及教育经历。我发现不仅是学生，到场的学生家长也听得很用心，这着实出乎我的意料。之前我们还在担心短短几次支教难免后劲不足，但从家长的身上我们切实看到了乡村教育的希望。

说起乡村教育就不能不提到在那里常驻的支教老师，他们放弃了市里优越的物质生活而到了落后的乡下，一呆就是许多年，义无反顾。有许多老师在尝试新方法教学时遇到了不小的阻力，甚至曾有家长出言顶撞，质疑老师的教学；然而他们没有任何怨言，依然尽心尽力地为学生付出。

通过两次支教，我发现山区里的孩子并非我们所想的那样自闭害羞，事实上在相对困难的条件下孩子们依然有着无忧无虑的童年，从他们的眼中可以看出他们很快乐，所以我觉得支教不是要去打扰他们的快乐，而是要去增添孩子们的快乐。我们的工作不是要让孩子们感受到差别，而是要潜移默化地影响他们，引领他们多读书、读好书，让他们从知识中感受到读书的乐趣。

助读，便是给孩子们插上梦想的翅膀。我们不仅要让他们看到更远的风景，还要帮他们到达更远的地方。

（山东省实验中学2016级23班　余承泽）

家长点评

首先感谢高老师带领的“天涯海角心连心”助读团队给孩子提供了一个锻炼自己、回报社会的机会，这对于城市和乡村孩子的影响不言而喻。一方面，乡村的孩子们在活动中得以开拓自己的眼界，读到更多的好书；另一方面，城市的孩子也在活动中学到很多在城市和学校里学不到的东西。在这个活动中，我们家长看着孩子慢慢学会付出，学会牺牲，学会感恩，心里甚感欣慰。非常感谢并支持高老师，希望助读活动越办越好！

献　礼

2017年国庆节那天，我们来到天桥区香王店小学助读。

穿过熙攘的大道，转入泥泞的小路，城市与乡村，只是一街之隔。没有了烟尘与喧嚣，在院内的平房中，有一群安静的孩子，每个人都沉浸于书香中。

今天是祖国母亲的生日

助读伊始，我首先问孩子们：“今天是祖国母亲的多少岁生日？”可能是因为羞怯，没人应声，直到后排的一个女生打破了沉默。不过，当我把空白地图发下去后，大家马上拿起了笔，仅仅几分钟就有同学完成了填写，清晰而准确，出乎我的意料。随着对各省市情况的介绍，他们的好奇心渐渐被调动了起来，不知这能否进而激发起他们对远方与未来的憧憬和向往。

尤其没想到的是，此次同行的一位小学三年级的小女生，虽与书屋里的孩子基本同龄，却清晰、流利地介绍了罗尔德·达尔的经典童话《玛蒂尔达》，并以一曲甜美动人的《五星红旗迎风飘扬》为助读画上了完美的句号。

一次助读看似难以改变什么，但希望的种子或许会由此播下，可以让孩子们相信：有朝一日，他们也能够像我们一样站在讲台上，传播知识和希望。

此次香王店小学助读，于我，是值得珍藏的记忆；于祖国母亲，是最好的献礼。

（山东省实验中学2016级23班　卢泽源）

春暖花开季　读书正当时

有人说，世界上最美的姿态是阅读，世界上最有营养的东西是书籍，世界上最智慧的活动是读书。商河助读之行，使我对此言有了更深刻、更真切的感受。

2017年4月30日一大早，我们在实验中学校门口集合，然后迎着朝阳出发了。两个多小时后，到达了本次助读的目的地——商河县郑路镇武集小学。

我和甸柳一小的张展铭同学被安排到了大杨家村。一进书屋，我们见的是：一间低矮的平房，里面的光线不太好；几张高低不齐的课桌后面，一群孩子端坐在那里；一块简陋的黑板，上面书写的“欢迎助读老师”几个大字特别显眼；黑板旁边立着一个书架，摆放着各种图书；十几双清澈的眼睛齐刷刷地看着我们，充溢喜悦和期待。

本次的助读书目是瑞典女作家塞尔玛·拉格洛夫的《尼尔斯骑鹅旅行记》，我和展铭分别介绍了该书的作者、内容大意和人物形象，与小朋友们一起朗读了精彩片段。

接着，大家共同诵读了诗歌《星星》《我是草莓》和冰心的《纸船——寄母亲》。在分享绘本故事《活了一万次的猫》时，我们共同以表演形式朗读故事，穿插展示书中插画，讨论猫的形象并且启发思考。孩子们听得越来越入迷，讨论得也越来越热烈。其间两个小女生积极举手要求朗读，尽管还不能做到声情并茂，但她们认真的神情足以打动所有人。

读书正当时

整个过程中孩子们都很积极，积极到我们无法拒绝他们的一再提问。孩子们很享受分享，争先恐后地发言。虽然是第一次见面，彼此却并不感到陌生，他们把我既当老师又当朋友。他们会因为我需要一支粉笔而争着递给我，会因为我的一句夸奖而兴奋异常，也会为了得到鼓励而使劲举手发言，以至于课堂秩序都有点失控了。面对一双双渴求知识的眼睛和写满认真的脸庞，我竭尽全力地与他们互动，尽可能地给予鼓励和赞扬。最后，当我拿出文具奖励他们时，他们恭恭敬敬地双手接过，眼里满是真诚的感谢，并不忘说一声“谢谢老师”，然后就迫不及待地拿着笔在本子上写起字来。简陋的书屋，破旧的课桌，并不能影响孩子们对知识的渴望。

…………

高尔基说过：“书籍是人类进步的阶梯。”莎士比亚做了这样的比喻：“生活里没有书籍，就好像没有阳光；智慧里没有书籍，就好像鸟儿没有翅膀。”今天的孩子是明天的主人。他们是一群怀揣梦想的天使，他们需要书香的熏陶。鸟欲高飞先振翅，人求上进先读书。今天，孩子们捧起书本，为蓬勃的生命积蓄力量；明天，他们一定会收获丰硕的果实。相信阅读会成为孩子们人生路上的一盏灯，为他们照亮前行的路程，指明前进的方向。这，也正是助读活动的意义所在。

一次助读，或许帮不了他们什么；一次支教，作用毕竟是有限的。可我相信，随着助读活动的深入与推广，一定会有更多的乡村孩子得到帮助，他们的生活也会因此而更加丰富多彩，他们的明天也会更加灿烂美好！

“半亩方塘一鉴开，天光云影共徘徊。问渠那得清如许？为有源头活水来。”助读路上，让书籍启迪智慧，让书香温润品德，让读书伴你我同行！

（山东省实验中学2016级15班　姜文昊）

家长点评

通过充分准备，孩子的这次助读达到了“赠人玫瑰，手留余香”的效果。爱心点亮心灵，阅读成就梦想。希望看到更多的孩子被书香浸润，希望更多的孩子得到帮助。助读活动意义深远，让我们继续带着对书籍的热爱、对孩子们的关爱，走向远方！

那一双盯着我的眼睛

当一个孩子安静地目光闪闪地盯着我时，我感到了炎炎夏日里的清凉。

我没有做过老师，没有做过讲演者，但当我说出来的每一句话都至关重要、每一个字都可能给若干孩子的生活甚至愿望带来改变时，我慎重了。当我缓缓地说故事、缓缓地尝试交流和引导的时候，我看着他们，他们看着我，我感到一种满足。

那些孩子看我的眼神是怯怯的，他们也有一点不知所措，只会按我的话去做。我在读故事、读诗歌的间隙抬眼看他们时，他们都直直地看着我，眼睛里是一种期待、一种渴望。

书屋在一块空地上，临着马路，对面便是农田。路上来来往往的人，亲切地打着招呼。书屋里有两排书架，摆满了花花绿绿的书。有孩子坐在书架旁边的地上，盘着腿低着头看书。坐我对面的孩子在抄写字词，用短短的铅笔头、钝掉的笔尖用力地写着，当发现我看她时，她抬起头来用力地对我笑。我听见窗棂上的鸟叫声，突然不知道该怎么回应。

我是读着书长大的孩子，深知书怎样地慢慢地改变我，不停地改变我。看到书屋的时候有一种奇异的感动，如果在那样不够发达、缺失良好教育的地方，能有有趣的故事、有意义的文字早早地出现在孩子们的生命里，对他们来说是多么幸运的事情啊！

（山东省实验中学2016级19班　李溪子）

家长点评

此次助读活动，我是作为给孩子们讲故事的角色与溪子同行的，但助读过程中，我在电脑室忙于调试电脑而没有全程跟踪。行前行后，我与溪子交流过几次，炎热的天气、简陋的环境、颠簸的路程，她都没有提及，给她留下深刻印象的就是当地的孩子们。孩子们求知若渴的眼神，打动了她，也打动了我。溪子把几十本书捐给了当地的孩子们，希望书籍带给他们对未来生活的美好期冀。

你的眼神

最美好的给予

清明节将至，天朗气清，惠风和畅，正是出行的好时节。我们四名山大附中的初中老同学跟随“天涯海角心连心”助读团队，一同踏上了前往商河的助读之路。

由于多种原因，原来两个小时的车程最终用了四个小时，到达商河县郑路镇张庙小学时已近中午。大家在学校里简单用餐，大锅饭是我们平时很少吃到的，同学、家长围在桌子前一起吃饭，倍感温馨，也为下午的活动补充了能量。

我在实验中学等你们

我们的助读点是散落在武集学校周围各个村子的书屋。我和老同学小羽被分到了张王村，来接我们的是一位老伯伯，交通工具是电动三轮车。我们都喜出望外，因为能体验一把坐在三轮车上飞驰在田野间的感觉。翠绿的麦田延伸无际，远处的小房子与湛蓝的天空交汇在地平线尽头，抬头可以看见白云，向前是笔直的小路……风儿吹拂着脸庞，心儿愉快地歌唱，伴我们一起飞向远方。

车子一到书屋，伯伯便喊道:“快进屋，老师来了！”孩子们原本在院里玩耍，听到后立刻进屋坐好。

正式上课前，很多孩子都在看书，有的看小说，有的看《弟子规》、唐诗，也有的看漫画。可能由于年龄不同，感兴趣的书也有所不同，年龄小一些的一般喜欢看漫画。虽然家长大都不赞成孩子看漫画书，但我觉得看漫画也是阅读，一样可以激发孩子看书的兴趣，培养他们阅读的习惯；习惯一旦养成，假以时日，他们就会追求更广范围、更高层次的读物。当然，这个过程需要正确的引导，这也正是家长、老师和我们共同努力的方向。

这次助读的主要内容是安徒生童话和清明节的相关知识。一开始孩子们还有些腼腆，不太好意思回答问题，但随着课程的深入，我们渐渐都放松开来，特别是在小奖品的诱惑下，孩子们都开始积极地回答问题，争着朗诵儿歌，而且读得非常认真，声音宏亮。

中间休息时，小羽为他们弹唱了两首歌，孩子们都十分兴奋——或许这才是他们最感兴趣的。小羽唱得很好听，孩子们也听得很入神，并报以热烈的掌声，气氛更加欢乐融洽了。

问及孩子们的爱好时，他们大都说喜欢唱歌、画画、跳舞。其中一名小姑娘还跳了一段自学的《小苹果》，虽然还没有上学，但是跳得有模有样、落落大方。谈及喜欢什么运动时，他们抢着说跑步、羽毛球、乒乓球、篮球、足球……作为一名热爱体育的高中生，听到大家如此喜欢运动我非常开心，与他们认真做了交流。我想，农村孩子抬腿就可以出门，空气又好，这是城里孩子远远比不了的。或许没有专门的场地，但是在广阔的田野间，跑跑步、打打拳、踢踢球，是完全做得到的，所以他们个个精神焕发，十分健康。我们还聊了喜欢的书籍，有的喜欢《安徒生童话》，有的喜欢《笑猫日记》，有的喜欢《查理九世》，虽然说不太清楚喜欢的原因，他们却很坚定——喜欢就是喜欢。

最后是赠书环节。我们一共选了三套书：第一套是《大部头小故事》，里面选取了国内外许多名著的精彩片段；第二套是小羽带的百科书籍，很有吸引力，仅是看到封面上的恐龙、动物、昆虫，他们就兴奋不已了；第三套是我带的蔡志忠先生的国学漫画，也是我小时候百看不厌的书。当我向他们展示蔡志忠先生的漫画书时，他们都惊呼起来——对这个年纪的孩子而言，漫画还是最有吸引力的啊！蔡志忠先生创作国学漫画的初衷，是为了培养孩子们对中国历史、对阅读的兴趣，只有先培养起兴趣，才能有更好的发展。

（山东省实验中学2016级7班　张柯然）

家长点评

面对一群求知若渴的孩子，柯然意识到在一些比较偏远的农村，还有许多小同学需要他去帮助，需要他影响并改变他们，使他们拥有美好的未来。

阅读的魅力

他们的眼睛很亮，仿佛藏着光。

这是我走进那间算不上宽敞的书屋时，脑海中闪过的第一个念头。十几个孩子的目光一瞬间齐刷刷地向我们投来，之前的舟车劳顿顿时烟消云散。孩子们很乖，各自端坐在座位上，面前的纸页上是今天要学习的诗歌。

他们的年龄差距不算小，四个五六年级的，自主阅读已经没有太大的障碍，他们回答问题也特别活跃，而坐在长桌另一侧的六个孩子则年龄偏小，其中两个小女孩字识得还不多。我们四名助读者轮流做了自我介绍，他们依旧目光澄澈，用力地鼓掌。

小朋友看这里

每个孩子领到一张答题卡，要在背面写上自己的名字，然后把卡片立起来。虽然是第一次见面，可他们一点也不怕生，热情而真挚，消弭了我的紧张与不安。

潇潇之前来过这个书屋，所以助读便由她起头。我们把带来的几本《了不起的狐狸爸爸》分下去，孩子们用手指着每一个字，认真地跟着我们朗读。高年级的之前已经读完了这本书，争相站起来分享故事梗概；年纪较小的听得十分认真。虽然最初有的孩子还略显腼腆，可是每个人轮流读过一小段文字后就都活跃了起来。我们做了一个约定：还没有读过这本书的同学，要在下一次我们来之前把故事读完。他们都十分用力地点头。

到底是年纪小，一个小时后有的孩子就有些坐不住了，于是潇潇提议课间休息一下，他们便迅速地冲了出去。尽管屋外的阳光十分耀眼，可是他们拾起砖头，在地上画出一个个小格子，并捡来游戏所需的小石子，很快就布置好了一切，开始了游戏。虽然时间有限，可他们玩得秩序井然，每一个动作都轻盈自如，那种发自内心的笑容洋溢在脸上，让人看了很舒心。

读诗环节由于时间受限，我们只好简略进行。孩子们一个个站起来，声情并茂地背诵自己拿手的诗文，人也变得更加自信。我想，这就是助读的意义所在了。

我们不是传授者，而是引路人、同路人。阅读本身的魅力，将激发出孩子们的无限兴趣与潜能。

（山东省实验中学2016级22班　吕梦溪）

家长点评

孩子们眼中的“光”，是他们对这个世界的好奇与信任，他们相信世界上一切美好的事物。助读活动不但开阔了孩子们的视野，更让他们看到了这个世界的广袤与惊奇，非常有意义。光芒在孩子们的眼中闪现，也在每一名“天涯海角心连心”助读者的身影中体现，并将永不熄灭！

母亲节的助读

5月14日一早，伴着柔和的晨光，我们驱车赶往天桥区香王店村开展助读活动。这天是母亲节，小朋友和他们的家长都来参加活动，我的内心也因此有几分忐忑。

到达爱心书屋时还不到八点，本以为来早了，走进去却发现已来了不少人，几乎每个小朋友都手捧一本故事书，并和家长一同阅读，这让我心里顿时暖暖的。

九点，助读活动准时开始。小朋友们朗读了歌颂母爱的诗歌，稚嫩的童音在这个特殊的日子里更加让人动容。随后我们上场，自我介绍，分享《飞天小魔女2》，讲解有关母亲节的知识……刚开始时还有点小紧张，但活跃的气氛很快就让我们的紧张情绪烟消云散了，讲课也愈发顺畅了。有名穿红色长裙的小姑娘给我留下了特别深的印象：当其他人还沉浸在热身活动中时，她已经端正坐好，拿着书津津有味地阅读了。活动现场，爸爸还用心理团辅的形式带大家玩了热身游戏，妈妈和小朋友的家长也进行了交流。

两个小时十分短暂。要离开了，彼此都依依不舍。参加这次活动，我们不仅帮助了别人，同时也提高了自己，也体会到了很多。

（山东省实验中学2016级1班　屈江玥）

父女同助读

家长点评

高老师发起的这个活动我早有耳闻，一直也想和孩子一起参与。我们参加活动的那天恰逢母亲节，现场听孩子们深情朗诵献给母亲的诗歌。有位细心的家长还带来了一大束自家种植的康乃馨，当孩子们把鲜花献给母亲时，我被深深地感动了……香王店，济南郊区的一个村落，物质上说不上贫穷，但大多数家长忙于生计，而忽略了对孩子的陪伴。当小朋友说到自己学习时家长通常是在看电视、聊天、忙家务，我问了一句：“你们希望他们干什么？”得到的回答是不希望家长影响学习，阅读时希望家长陪伴交流。整整一上午，屈江玥、张孟申很投入地和孩子们一起阅读、交流，看得出两个孩子也有很深的触动。感谢高老师，让孩子们有了锻炼与成长的机会。期待下一次活动哦！

子女是父母了解世界的窗口

一

经过一路奔波，我们一行人八点左右到了商河，我被分到了一年级。一年级小朋友的热情、善良、纯真使他们与高年级同学有许多不同，尽管欠缺听懂故事并表达感悟的能力，但他们非常认真地将注意力集中在老师身上，当然也有独坐角落里读书的。

首先，我尝试着与孩子们尽快熟悉起来。一年级的孩子充满热情、信任，对人并没有太多猜疑、戒备。我所做的无非是些小游戏，带着他们寻找教室和校园里的圆形、颜色等元素。接着讲了影子和狗、农夫与蛇、孔融让梨等故事，让他们尝试复述以启发感悟。虽然认字不多，但他们用手指着书本断断续续阅读的画面着实令人感动。

第二节课到了六年级。一名志愿者说，六年级同学热情不高，上课回答问题的寥寥无几。他们分享了读书五点和孝廉故事，温习了蔬菜水果英语词汇，并组织了自由阅读。

了解情况后，我考虑首先要尽量调动大家的积极性，因此上课伊始先组织了Binggo游戏，补充了有关颜色、动物的英语单词，然后引导大家回顾上节课的阅读方法。有些同学不太专心，甚至悄悄聊天，也可能是因为随着年龄增长，他们更担心由于不能正确回答而被嘲笑。这一点情有可原，于是我尽量将气氛活跃起来，同时也提醒自己注意以后备课时要做到全方位、多角度，既吸引同学注意力又要有所启发。

阅读分享过程中，同学们选取了自己喜欢的片段，我发现大家的阅读范围还有待扩展，深度还有待增加。我希望每个孩子都健康成长，既保留一年级的纯真与烂漫、信任与热情、可爱与真诚，又要培养高年级孩子渴求知识、探索世界的欲望和正直的人格。

此外，我还有很多感悟：1. 简单的事情值得重复；2. 孩子的积极性需要鼓励；3. 教师能成就孩子，也能毁灭孩子；4. 关注细节（不要忘记请回答问题的同学及时坐下等）；5. 注重威信与亲切并重，赢得孩子信任与尊重；6. 因材施教；7. 爱玩是孩子的天性，要正确引导和管理；8. 要广泛、充分地准备材料；9. 家庭教育和成长环境是极其重要的方面。

身为一名受人尊重的学生，我不愿成为一名不受人尊重的老师。

二

子女是父母了解世界的窗口。

思考这句话很久了。从当初高老师分享给家长的讲座里的提问“孩子是家长的什么”，到身边同学给自己父母带来各个角度的消息，再到这次返程途中半梦半醒间听到老师与徐师哥的交流——女儿是父母了解世界的窗口。事实，正是如此。

愈是辗转世界，愈发感到家的温暖。徐师哥穿梭于世界各地，所遇到的人和事恐怕是他的母亲未曾见过的，这种心灵感受的反馈如同母亲小时候教导他做人处事的道理。高老师的女儿带给她的来自世界的景致和观念，大概也是母亲当初引导她走向书中世界的一种回馈吧！

在闭塞的农村小学里，情况何尝不是如此呢？

父母为了让孩子走出自己所生活的世界而努力让他们更广泛地接触世

界，不管什么知识水平、经济水平，他们都知道教育的重要性。父母是无私的，宁愿倾其所有，也要让孩子拥有一个更美好的人生。

一年级的同学大概不是很明白这些道理。我想教育就是一个潜移默化的过程，用我们的身心来感化他们，从细节开始，更从童年开始。很幸运这群可爱的一年级同学能拥有一个更早的开端，更希望他们一年年长大后能比高年级同学有一个更好的未来。

刚开始跟同学们交流的时候，不知是有些羞涩还是妈妈们在场的缘故，并没有很多人举手回答关于母亲节的问题。我知道大家喜欢一起背诵或回答问题，于是从他们熟悉的《弟子规》切入。一个小女孩举起手小声背诵，紧接着所有小朋友都加入其中，热情高涨。我抓住《弟子规》中的句子用提问的方式来集中他们的注意力。“首孝悌，次谨信。”“父母呼，应勿缓；父母命，行勿懒。”这些耳熟能详的句子与母亲节的主题息息相关。我强调孝是第一品德，并希望他们每个人都把孝放在第一位。接着问他们母亲都为自己做过什么，母亲对自己有怎样的情感，自己应该为母亲做些什么，自己想对母亲说些什么。当采用排火车方式一个个回答问题时，有些小朋友依然羞于站起来，而后面的小朋友几乎把手伸到了我眼前。我想如果他们有差异的话，也就在于回答问题的积极程度，而并没有多少知识、智力方面的差异。当然也有倔强的孩子，有些任性、调皮，但羞于回答问题，其实不善于表达才是最关键的因素。一年级的小朋友渴望父母的陪伴，父母也很希望与孩子交流，只是不太善于表达，又缺乏耐心，以致孩子对父母恐惧、疏远了。

下午到五年级听讲，某同学在延伸爱的含义时邀请我们听课的同学讲述自己和妈妈的故事。没有事先准备，我脑海里突然闪过这个故事：妈妈小时候极少送我去幼儿园，为数不多的一次，在幼儿园门口嚎啕大哭的我居然引得妈妈一起落泪，也就是通过这件事我开始了解到父母都忙于工作、挣钱养家，而很多懂事的孩子已在努力分担家务。我告诉同学们，父母对孩子的爱永远是无私的，而孩子也是父母了解世界的窗口，希望他们多跟父母交流，分享自己的经历和学到的知识。

用阅读打开这扇门，走出闭塞的井底，只是别忘记给父母也打开一扇窗来接触这世界。母亲节，就是一个契机。

（山东省实验中学2014级　李小宛）

高惠燕老师点评

小宛是个认真的女孩，不仅善良懂事，学习成绩也很出色。第一次支教回来她曾在总结中写道：身为一名受人尊重的学生，我不愿成为一名不受人尊重的老师。这次支教，再次安排她担任一年级的“小老师”。在小学阶段，学段越低、孩子年龄越小，越考验老师的耐心和智慧。作为“小老师”，她很称职。回来的路上，看得出同学们都有些疲惫，我以为她睡着了，未曾想到我和文昊之间的谈话她不仅记在了心里，而且进行了一番思考——真是个有心的孩子！

家长点评

世界那么大，我想去看看。但当父母忙于生计，乡村的孩子没有条件走出家门、去外面的世界看看时，就让我们通过助读活动开拓他们的眼界、丰富他们的思维吧。很感谢高老师给小宛这样一个机会，让她能够给偏远乡村小学可爱的孩子们带去阅读的乐趣，也让小宛能愈发珍惜、感恩自己所处的环境和条件，加倍丰富自己的知识和人生阅历。小宛现在已经升入大学了，如果今后还有这样的支教机会，我还会全力支持她。

孩子，是父母认识世界的窗口。

爱心助读伴我行

早就听说过小学王海兰老师参与的“天涯海角心连心”助读活动，一直心向往之。高考结束，我马上约着小学同学任浩铭，一起报名参加了6月18日的平阴助读活动。

清晨6：45，我们一行近二十人从省实验中学门口集合出发。经过一个多小时的车程，到达了平阴县玫瑰镇东站村，爱心书屋设在村委会专门腾出的一间办公室里。

一进门，便看到二十几个孩子围坐在一起，怯怯地看着我们，屋子一角的毛主席塑像很显眼。孩子们年龄不一，大都穿着校服，黝黑的小脸透着几分拘谨和羞涩。

18日恰好是父亲节，因此这次助读便以父爱为主题。一番启发式的问答过后，孩子们开始活跃起来，踊跃表达着对爸爸的爱：有的孩子提出了帮助父亲戒烟的“好办法”——把烟藏起来；有的说想帮父亲洗脚；还有的说想给父亲写几句心里话……看着孩子们一张张兴奋的小脸，我的心中不禁泛起一阵酸涩：他们大都是留守儿童，好点的有妈妈在家陪着，大多数人一年难得见爸爸几次，又怎么能通过藏烟来帮助爸爸戒烟呢？

助读图书是《熊爸爸的愿望树》，拿到新书，孩子们就迫不及待地大声朗读起来。正在这时，刁山坡小学的张校长陪着一行人走进书屋，听说是乡镇的领导和各村的支书在考察书屋的运作情况，想进一步推广这种形式，让更多的留守儿童放学后有人照顾、有书可读——好主意，唯愿早点实现吧！

个人展示环节，孩子们完全没有了先前的胆怯，争先恐后地回答问题，分享喜欢的章节，表达自己的观点。每一名回答问题的孩子都会得到几颗糖果和一张小粘贴，以示鼓励。令我感动的是，这些孩子都没有把糖果全部吃掉，而是只剥开一颗，剩下的则攥到手里或者用纸巾包好——或许是想着家中的弟弟妹妹吧。

我的任务是带着孩子们一起阅读《我爸爸》这本书。讲解完毕，孩子们决定用手中的笔为爸爸制作一张卡片。大约半小时后，每个人都完成了自己的卡片，双手捧着，脸上洋溢着微笑和喜悦，自豪又有些腼腆地看着我们——多么美好的一刻！

…………

美好的时光总是短暂的。当当地陪同的老师提醒我们还有十分钟时，孩子们都迫不及待地大喊："做游戏！做游戏！"

小学同学齐上阵

我们一起完成了两局成语接龙后，又进行了传瓶唱歌。期间，一个小男孩从座位上站起来、飞快地将手中的瓶子塞给了我，如此坦坦荡荡的“作弊”，让我们都开怀大笑起来。

相见时难别亦难。依依惜别之际，竟感觉他们就像我的弟弟妹妹。回家的路上，一直看着与孩子们的合影，心里默默地说：“我还会来的，我们还会见面的！”

（山东师范大学附属中学2014级　杨　月）

王海兰老师点评

杨月是一名开朗活泼、细腻善良的女孩。小学六年，她和任浩铭都是我的得意门生，自从听说“天涯海角心连心”助读活动后，就有了报名参与的兴趣。高考一结束，两个孩子就找到我报名。当听说团队还没有买到此次助读的绘本《我爸爸》时，杨月立刻用自己的压岁钱从网上订购了40本书。助读的那天，他俩不约而同地穿了大红色的T恤，映衬着他们青春洋溢的笑脸，似乎要点燃书屋孩子们心中的梦想。助读结束后，他们说等上了大学，放假时还会来参加助读的，因为他们喜欢孩子们天真无邪的眼睛，喜欢书屋里的那份快乐。祝福他们，前程似锦！

助读感悟

活动开始的前一天晚上，有幸和助读活动发起人高老师一起游览芙蓉街、大明湖。她并不是想象中的严厉、古板，相反是亲切、和蔼的母亲形象。交流中，她用浅显易懂的语言消除了我在学习助读书籍时遇到的困惑，让我佩服不已。

第二天一早，我们与其他志愿者一同坐车前往平阴县玫瑰镇，一路上大家有说有笑。团队中，除了经验丰富的老师，还有刚参加完高考的学生，甚至还有一位年仅10岁的小朋友。

到了站西村书屋，迎接我们的是整洁的阅读室，还有小朋友们真挚纯真的笑脸。简单自我介绍后，我首先分享的是《带月亮的房子》。大家默读完后，我鼓励他们用分角色方式将故事有感情地朗读出来。小朋友们好棒啊，小熊的憨厚可爱、小狐狸的机智友善以及他们之间的深厚友谊，通过大家的表演都活灵活现地展示了出来。期间，大家踊跃回答随着故事情节展开而提出的小问题，一开始的羞涩很快被这个年龄特有的活力所代替了。

…………

时间飞逝，助读活动在不知不觉中结束了。“唯书有色，艳于西子；唯书有华，秀于百卉。”希望通过共同努力，能够帮助更多的农村孩子养成读书的好习惯，让书籍陪伴他们健康成长。

（潍坊市昌乐二中2014级　刘　昕）

遇见他们很幸运

意外地睡过头让这次的助读活动变得稍显紧张，但紧张的情绪在见到小同学们的时候就立刻消失了。

简单自我介绍后，助读开始了，这次分享的是《尼尔斯骑鹅旅行记》。分组阅读之初，低年级的同学普遍比较矜持——应该是读不懂的原因吧，幸好高年级的小姐姐们主动伸出援手，以讲故事的方式为他们念，保证了阅读的顺利进行。

她，是给我印象最深的小妹妹。在嘉炜哥讲课时，也许是因为听不懂，她有点走神，老是盯着站在一旁的我和王雪。读书时，每当我的目光锁定她时，她就冲我害羞地笑笑——太可爱了！

不得不说这是名称职的小姐姐。她曾经读过这本书，因此可以给妹妹们讲解故事梗概，并穿插朗读大家喜欢的章节。不仅如此，她也是回答问题最积极的一个，想必平时就是班里的优等生吧。

当第一次掌声响起、第一次有同学叫我大姐姐时，我似乎明白了助读对于我们双方的不同意义。对于我们来说，助读更多的是一次社会实践，或者说是一次生活体验；然而，对于书籍相对匮乏的小同学来说，助读是他们阅读的重要渠道。如果他们真的可以通过读书改变自己的命运，那该多好！

幸福如他们，幸运如我们。

（山东省实验中学2014级　李　昂）

家长点评

大概是在高中二年级的时候，李昂作为志愿者第一次参加了高老师组织的“天涯海角心连心”助读活动，之后一直热心团队活动，逐渐成为高老师的得力助手。

李昂，爸爸妈妈真为你感到自豪！为你的爱心，为你的坚持！作为较早加入助读团队的一员，在多次的助读活动中，你认真准备，积极参加，引导同学们体会到读书的快乐。这是一个充满爱心的团队，每一次的助读都是非常有意义的活动。希望孩子能坚持下去，吸引更多的志愿者参与进来，帮助更多的同学享受读书的快乐。

帮助他人　幸福自我

一

清晨，曙光中的城市还在沉睡。

睡意朦胧的我坐在车里，望着窗外掠过的风景，断断续续地回想：上次去商河参加助读活动至今已有一年多了，第一次踏上讲台时的激动与兴奋，第一次讲课时的手足无措，第一次面对那么多可爱的小同学求知目光时的幸福感……尽管提前做了思想准备，可是当踏进张庙小学的大门后，那一幕幕的景象还是震撼了我：一片高低不平的草地操场，两个篮球架，没有水泥地和石砖；教室都是简陋的砖房，破旧的桌椅一碰就摇摇晃晃的；几支笔、几本书、一个书包，基本上是一名学生所有的学习用品。虽然条件艰苦，但孩子们的严谨学习态度和强烈的求知欲，老师们的认真负责和无私奉献，以及师生之间的浓浓情意，都给我留下了深刻的印象……

从记忆回到现实，此次的平阴之行，又会是怎样的情况呢？

二

远山上聚拢着灰蒙蒙的雾气，道路两侧是大片大片的绿色，星罗棋布的村落和田野里劳作的人们，仿佛都在欢迎我们的到来。

下车后，我们随高老师到了书屋。进入教室后，小同学们同样热切的求知目光紧紧地盯着我们。我依然有几分忐忑。

三

高老师为我们暖场后，助读开始了。

分享《尼尔斯骑鹅旅行记》之前，我首先谈了阅读方法，虽然也有所准备，但效果很不理想，讲得磕磕绊绊，而且越急越讲不好，只好草草收尾。之后李昂、王雪同学登场，态度大大方方，表达条理清晰；相比之下，我觉得有些惭愧，意识到自己需要改进、提高的地方太多了。

接下来，让孩子们分组阅读《尼尔斯骑鹅旅行记》的精彩章节，高年级的孩子读给低年级的听，我们视情况给予指导。随着交流的深入，我渐渐喜欢上了孩子们，以至于直到口干舌燥时才想起来还没顾上喝一口水。

…………

两个小时的时间很短暂，分别之际，我怀着幸福又有些许遗憾的心情做了总结："希望阅读能成为一种习惯，愿大家做一个生活的有心人。"最后向所有同学鞠了一躬。

四

平生别无他求，只希望过得幸福、快乐，少一些遗憾、失落。帮助别人，无疑是人生的一大幸福。对于助读者来说，收获到的不仅有新奇和快乐，更有幸福与责任。苏格拉底说："快乐就是这样。它往往在你为着一个目标努力工作时，就突然地到来了。"

同时，这次活动也刷新了我对自己的认识。人的一生就是不断认识自我、完善自我的一个过程。我深知我的不足，虽然总体感觉比上次助读要好，但还是有点力不从心。但我相信，只要怀有一颗帮助他人的真心，并且努力地提升自我，我的表现一定会越来越好的。

（山东省实验中学2014级　赵嘉炜）

高惠燕老师点评

嘉炜是我教了三年的学生，他性格有些内向，不太张扬，但善于自我反省、自我管理。高一时英语成绩落后，但他没有气馁，慢慢超越自己，去年曾经和同学们一起去商河张庙小学助读。三年的努力，无论学业成绩还是能力都有了很大提高。他不慌不忙，一步步渐入佳境，高考考出总分600多、英语130多分的成绩。高考前夕，他悄悄地问我："高老师，暑假还有助读活动吗？"就这样，七月初，他和同学王雪、李昂一起走进了平阴刁山坡小学的孔集村书屋。

苏格拉底说："没有自省的人生是不值得过的。"嘉炜说他通过助读认识了自我，找到了快乐。这也是助读活动的魅力之一，只有走近他人，才能了解自己、提升自己。

树人遐想

落日被大地吞没，赤色的灯笼旋转着落下帷幕，挣扎着向世间发出最后一抹光亮。

坐在散着冷气的中巴车里，隔着窗玻璃浏览着无法定格的风景，脑袋里却蔓延着今天的经历。

每一次走向乡下的田野，总有一种亲近之感，似乎连扑面而来的风都是欢呼雀跃的。这样一方阳光热辣、四野安宁的水土，必然孕育着淳朴、热情的人群。果然，不论上午还是下午，书屋里的孩子们都洋溢着青春的气息，稚嫩的脸蛋如羞涩的花蕾含苞待放。

看到孩子们亮晶晶的眼睛前，我多少还是抱着一丝好玩的心态的，但等真正站在黑板前，所有的不羁瞬间烟消云散，开始认认真真地当起小老师来。无法形容当时的口若悬河、慷慨激昂，只是看到他们逐渐抬起头、逐渐活跃起来后，心里溢满了欣喜与骄傲。不仅是为我能在孩子们面前把自己十八年来的所感所悟奋力融入课堂而欣喜，也是为他们能有“润物细无声”的收获而骄傲。

曾经看过一篇追忆科学家束星北的文章，记述了束老的坎坷一生。文章结尾大致是说，束老被他的学生李政道誉为世界一流的物理学家，却没有得到国家的足够重视，所以我们应该反思什么样的土壤才是适合天才生长的，什么样的土壤才是适合真正自我觉醒的人生长的。

这份土壤说来容易，培育的难度却不亚于人类遨游太空。这份土壤是由千千万万的中国人共同组成的，我们改变不了其他人，只能引导他们明悟真理，身体力行。我们现在所做的，应该就是这样的事情吧。其实我们也做不了什么，对于垂髫少年，我们能做的，就是培养他们的阅读兴趣。

书籍是人类进步的阶梯，其蕴含的，是人和时间、空间相互对抗的意志，是或伟大或渺小的情怀，是孜孜不倦、追求永恒的信念。而阅读本身，正是这种信念的延续。

阅读，就是参拜时光长河中熠熠生辉的高贵灵魂。

有人把助读与树人联系了起来，其实，准确说来，助读，既“树”（引导、影响）了他人，也“树”（培养、锻炼）了自己，何乐而不为?

（山东省实验中学2014级　朱威屹）

高惠燕老师点评

印象中的威屹是个爱诗的干干净净的男孩，即便是在高三紧张备考的日子里，他还在津津有味地读着英国诗人雪莱的诗歌。高考前夕他找到我聊天，我们一起聊梦想与现实的落差，这些落差曾经让他感到痛苦。最后我们约定无论时代怎么糟糕，都决不放弃希望与梦想。

让阅读成为一种习惯

同学问我要不要参加这次平阴助读活动的时候，我正在书店闲逛，同意之余索性买下了这次助读的主要书籍《尼尔斯骑鹅旅行记》。之前没有读过，因为这次活动，从内容到作者乃至诺贝尔奖的相关情况我都研究了一番，这就是助读的魅力之一吧，既温暖了他人，也提高了自己。

高老师开场后，我们三个正式开始了助读。孩子们分组阅读时，我们便给那些年龄较小的孩子讲解故事的主要内容。在助读过程中我发现，孩子们真的会为尼尔斯能不能变回原来的样子而担心，真的会因海底城市没有得到救赎而惋惜；知道了尼尔斯因为不爱学习、喜欢搞恶作剧而变小，便猜测他会不会变好了就变回原来的样子——太可爱了！

其实，两个多小时的相处，并不能让孩子们读多少书、学多少知识，但通过这样的活动，可以让他们知道其实书籍离他们并不遥远，书中的世界也离他们并不遥远。大家共同努力，让农村的孩子爱上读书，使读书成为一种习惯，进而伴随他们健康成长，这才是助读的真正目的。

一点题外话。去时我是中途上车的，上车后看到这么多人，震惊之余更多的是感动：高二开始参加助读活动，高三中断了一年，没想到“天涯海角心连心”队伍已经这么庞大了！

（山东省实验中学2014级　王　雪）

高惠燕老师点评

王雪是高二转到我们班的一个女孩。说实话，她不是什么“学优生”，但是她阳光、友善、向上，平时喜欢阅读，也喜欢上课听我“瞎扯”课外书。临近高三毕业，她特意送了我一本书，附了一张纸条，上面写着：“可能您早就看过这本书了，但还是想将它送给您。之所以选择它，是因为您让我想起了里面的小林宗作先生。遇到您我何其幸运！”

王雪从高二就开始参加助读活动。正是有她这样的悦读者来助读，越来越多的孩子才爱上了阅读。阅读，会成为小朋友们的一种生活习惯的。

心在微笑

商河的孩子们真的非常可爱。

7月8日星期六的读书活动，他们都是自愿参加的。书屋中，没有城里随处可见的空调，没有好喝的饮料，只有一台嗡嗡作响的风扇和一双双亮晶晶、充满光彩的眼睛。看着那样的眼睛，你无法不动容——那是心灵的窗户，映射出他们的天真快乐与对知识的渴望。

芦坊书屋的孩子都是低年级的小朋友，普遍比较羞涩，他们会不自然地低头躲闪你的视线，却又在听到某个新奇的知识时抬起头来热切地望着你；他们会站起来小声地回答问题，却又坚定而忐忑地希望得到肯定。如果不是切身体验，你不会知道，一个三年级的小孩子可以口齿清晰、逻辑清楚地与你交谈；你不会知道，他们假期每月交5块钱电费来读书是多么令人感动；你不会知道，每个孩子都在羞涩地表达对你的亲昵与感谢……

其中，有两个小朋友给我的印象最深。一个是二年级的小男孩，在书屋中最活泼，大声地提问，高高地举手回答问题，邀请你一起玩游戏。这次助读我负责的是分享《猿类趣话》，恰巧他也颇感兴趣，于是我特别介绍了好几种猿类。小男孩简直就是学习中的“战斗机”，不断地发问，好像有十万个为什么，声音也很洪亮，以至于有几次我不得不提醒他放低点声音。他问我大猩猩是否会打人，我说不会的，动物是很友好的；他突然压低声音问

“人会打大猩猩吗”，我顿时有点不知所措，告诉他，有的坏人会，但更多的是去保护大猩猩的人。他用亮晶晶的眼睛看着我，说：“我们不要打大猩猩，它们会疼的，我们要保护它们。”我的眼眶忽然湿润了……

还有一个五岁的小女孩，瘦瘦小小的，大孩子读书的时候她悄悄走进书屋，跟着一起看书，会指着书中的插图甜甜地笑。似乎她觉得所有人都很亲切，我多次一低头就发现她在我旁边，望着我甜甜地笑……

《三字经》有云：“人遗子，金满籝。我教子，唯一经。”在商河，无论家长还是老师，都正在向着这个目标努力。

下午，我们三人与2017级国际班的两个女生又一同去了张庙小学的一个书屋。有学妹同行，就觉得又多了一份责任：给小朋友讲课时，会更乐于让学妹们展示，如同一种传承。助读是一种责任，助读是一种幸福，我们要在自己继续努力坚持的同时将这个接力棒传下去，传给另一个人，传给另一群人。

怀助读的心，做舒心的事。做单纯的人，走幸福的路。五湖四海手牵手，天涯海角心连心。

世界上最好的感受，就是发现自己的心在微笑。

（山东省实验中学2014级　吴兆旭）

麦田之上

五一小长假的第一天，我们来到商河参加助读活动。

近三个小时的车程，将我带离了城市的喧嚣。满眼一望无际的麦田，麦苗正在抽穗，昂首挺胸，生长在春天里。麦田旁，或远或近地散落着一个个村庄，我去的是中刘村。

才下车，便听到有人喊："来了来了，快坐好。"紧接着是一阵桌椅的响动声。待我和张钰媛将书搬进书屋时，一声整齐响亮的"老师好"吓了我一跳。总共十多个孩子，年龄参差不齐，大的八九岁，小的只有四五岁，一个个端正地站在课桌后，眼睛齐刷刷地看着我们。我有点手足无措，"好好好，你们好，快请坐"。初为人师的我忘记了自我介绍，僵硬地拿着教案，磕磕巴巴地开始了讲课。

和之前预想的安静氛围不同，孩子毕竟是孩子，哪能闲得住呢？玩玩具，说悄悄话，开始没一会儿，就有钻到桌子底下的了。在讲到冰心的诗歌《母亲》时，我请他们说说对自己妈妈想说的话，而他们有些疑惑地"啊"了一声，然后迅速用手捂住嘴，怎么也不愿开口。孩子总是羞于对父母表达感情的，我自己又何尝不是呢？我没再强求，继续讲后面的课。

时间悄悄逝去，最后和孩子们一起朗读一遍，他们读得整齐洪亮又充满感情，或是浓浓的乡音，或是夹生的普通话，但听不到半点忸怩。

张钰媛带着他们阅读《尼尔斯骑鹅旅行记》时，我得空坐在一旁，这才看清了屋子的情况。房间不大，墙皮有些剥落，掉了漆的绿色木门半开着，一道阳光斜射进来，光线不太好。屋里摆着十几张课桌，黄色的，缝隙都黑了，有些甚至破了洞。墙上一块小白板，板槽里放了两支粉笔和一个没了海绵的旧板擦。墙角的一张桌子上堆满了各种图书。

让孩子们选择喜欢的图书时，他们迫不及待地蜂拥而上，很快就抱着书美滋滋地回到座位上读了起来。带队老师让他们读读自己喜欢的段落，他们便一字一句地读起来，我忍不住用手机将这一段记录了下来。

眼睛如星一般闪亮，天真、羞涩、兴奋、干净的声音赋予书籍新的生命。可爱的孩子，书中的世界迷住了你们，你们的世界迷住了我。

我们一起做游戏，输了的要表演节目。有个小女孩说要唱一首歌——《大树妈妈》，立即有其他孩子说也会唱，然后大家就一起唱了起来。“大树妈妈，个儿高……”虽声音不大，怯怯的，却是给春天最好的祝福。

我给他们讲《西游记》，让他们画自己眼中的唐僧师徒，结果画的确实充满童趣：唐僧头上有线圈，孙悟空身上的毛发清晰可辨，沙僧穿着裙子，只有猪八戒是最像的。

时间过得很快，转眼我们就要离去。合影、告别，我们走出很远了他们还在招手。孩子们，不知何时能再次与你们见面；再见到你们，你们是否依然如此可爱、羞涩？

像来时一样，我们坐着三轮车返回集合点。我知道，我将回到喧嚣的城市，重回熟悉的生活。我或许不曾对他们讲过什么，但他们却让我受益良多。

不同于城市孩子的白嫩，他们的皮肤是黝黑的，因为他们奔跑在阳光之中、麦田之上。

（山东省实验中学2015级3班　凌　彤）

我们是天上的星星

有点阴阴的周日，6：40，我们几名去助读的同学在学校门前集合，坐大巴车前往商河。路程比想象的要远，一路颠簸，终于到了商河县郑路镇武集小学。学校外观很新，与周围的破旧农舍形成较大反差。我们十多人被两两分组，去各村的书屋。第一次乘坐电动三轮，我们都觉得很新奇。我和好朋友被分到西刘桥书屋，书屋的家长特别热情，一口一个“姑娘里面进里面进”，也因此渐渐化解了我俩最初的羞涩和尴尬。

可能是新建书屋的缘故，屋子里面装修很新，小朋友们见我们走进去，异口同声地喊道：“老师好！”

未等我们开口，一个小男孩就举手说：“老师老师，俺早把这个材料看完啦！”男孩特别活泼，每次我们提问题、做活动，他都非常积极主动。书屋里年龄最大的女生坐在角落里，虽然常常沉默不语，眼睛里却洋溢着欣喜的光。我问她的梦想是什么，女孩说长大后想当一名高中英语老师，并说了一串英文单词。

小的时候就有这样的梦想，真的很了不起，我为这个小女孩点赞。

也许随着时间的流逝，梦想会变化，但永远不要忘记，当拥有属于自己的一份梦想时，每一分每一秒就有了激情和动力，也永远不要在实现梦想的过程中失去耐心、勇气和毅力。

孩子们，听完你们每一个人的梦想后，我感到震撼，也异常激动。因为就自身而言，我不得不承认，比起内心最深处的声音，我开始在乎一些外界的因素，也开始因为担心失败而不敢行动。不像你们，大胆、好奇、敢想。现在，写下这些文字时，我唯一能做的，就是希望你们眼中的光亮不被尘世遮挡，永远Stay Hungry，Stay Foolish！

活动快要结束时，听见孩子们问书屋的家长："不留老师在俺们这儿吃饭吗？"

听了小同学们的话，我们心中充溢着满满的感动。

很久以前看到过几句歌词：

我们是天上的星星/我们在孤单地旅行/相遇是种奇迹/虽然相隔万里/渴望的眼睛/寻找着彼此的轨迹

对呀，我们都是天上的星星，在天空相遇，虽然又经历分离，但是，我们曾经用温暖微弱的光，互相照亮了彼此的心。

（山东省实验中学2015级3班　隋安琪）

家长点评

感谢学校、感谢老师组织孩子们去商河助学，让孩子有了一次难忘的人生经历。

记得那天隋安琪很早就去学校集合，回到家时头发凌乱，手冻得冰凉，但眼睛亮亮的，来不及放下书包就滔滔不绝地讲起一天的经历：第一次坐机动三轮车的兴奋，农村学校孩子们纯洁的眼神，美味的午饭，带队老师的照顾……看得出孩子的收获很大，零距离接触一个和平时完全不一样的环境，她很受触动。

隋安琪走进实验两年多，学校每一位老师兢兢业业的付出、每一次精心组织的活动对于孩子成长的历练，都说明了"为每个学生创造主动发展的无限空间"不是一句空话。

感谢学校！

助学活动感受

这次，我去参加天桥区大桥镇香王店村的助读活动。爱心书屋设在村委会，教室不算特别宽敞，却很温馨。

这次，推荐的图书是《尼尔斯骑鹅旅行记》，孩子们非常喜欢，表现也很积极。活动中有一幕我的印象特别深刻：当我们将书分发下去的时候，本来闹哄哄的屋子瞬间安静了下来，孩子们都很快进入认真阅读的状态，尤其是两三个孩子挤在一起读书的场面更让人感动。

一直生活在城市的我们，是很难感受到书籍的珍贵的。而他们，读书的机会本来就少，能够得到的书籍更少，看得出来，他们真的很珍惜阅读的机会。

通过这次助读，我也体会到了做老师的艰辛和不易。面对年龄的差距，我很难找到一个合适的切入点，这也导致自己心里想的和嘴上说的往往统一不起来；但是，当我站在他们面前时，看着他们信任的目光，就感觉多了一份沉甸甸的责任。

书屋里的孩子从一年级到五年级的都有，所以，了解到他们读书的困惑时，我自己的一些经历便涌上了心头：

我开始读书时大概五岁左右，那时主要是读童话故事和绘本，比如《精灵鼠小弟》《跷跷板》等。那时读书，对我来说就是睡前的消遣，很多字不认识，只是因为新奇有趣的插图能够吸引我。

小学低年级时，开始读《格林童话》《安徒生童话》《一千零一夜》。这时我真的特别喜欢情节丰富、结局美好的故事，当然，这个阶段大部分的书是带拼音的。

年龄再大一点，我开始对自然科学特别感兴趣，书架上堆满了《十万个为什么》《宇宙知识揭秘》《小哥白尼》等。

再后来，读的书越来越杂：有校园小说，如《漂亮老师和坏小子》《女生日记》；有刑侦推理小说，如《福尔摩斯探案集》《爱隆坡推理小说集》；有文学名著、历史读物、人文艺术等。读这些书，带给了我许多快乐。

这次助读，我发现农村孩子的确知识面不宽。我告诉他们，读书没有任何界限，只要感兴趣的书都可以读。书读得越多，视野就会越开阔，对于作品的理解就会越深入。

我期望，助学活动的精彩永不谢幕！

（山东省实验中学2016级20班　曾　玥）

香小记事

2017年4月30日，我和同学曾玥在高老师的带领下，来到天桥区香王店小学的书屋参加助读活动。

早晨八点半，车辆行驶在繁忙的公路上，一个转角后映入眼帘的已是乡村风光——香王店村到了。进入书屋时，一个睫毛特别长的短发小姑娘迎面走出来，七八岁的样子，齐刘海下闪亮的眼睛好奇地打量着我们，回来时便捧了一些铅笔分给书屋的孩子们。“不动笔墨不读书”，应该是老师教他们的吧，读书时不停地念叨着，小手握着铅笔笨拙地在泛黄的纸张上写着歪歪扭扭的字，让我们看了倒有一些感动：我们都曾这样不分对错地执着地坚持着某些事的。

因为放假的缘故吧，孩子很少，但个个精神抖擞，腰板笔直。拿出带来的小本子分给他们时，一个个用脏兮兮的小手捂着嘴巴小声惊呼，眼里迸出喜悦的神采——仍是那种令人感动的质朴、单纯，哦，还有对知识的渴望。“这个就送给我们了吗？”长睫毛的小女孩扬起头问，得到肯定的回答后，高高兴兴地拿着铅笔不知开始抄写什么了。

香小的校长授课后轮到了我们。这次推荐的书目是瑞典女作家塞尔玛·拉格洛夫的《尼尔斯骑鹅旅行记》。曾玥先给孩子们上课，告诉他们这是世界文学史上第一部，也是唯一一部获得诺贝尔文学奖的童话作品，教大家念作者拗口难读的长名字。趁曾玥回头板书的空儿，我拍拍手让大家安静。“谁还记得刚刚曾老师说的作者的国籍？”我做出举手的动作鼓励抢答。“美国！美国！”一片混乱，除了两个从不说话的五年级小男孩，大部分孩子都高声笑闹着大喊。

是不是多一点阅读，可以改变这种境况？可以让他们知道，世界上除了中国和美国，还有风景秀丽的丹麦、别具特色的柬埔寨、相隔遥远的澳大利亚……这样就可以让他们小小的世界变得五彩缤纷起来。

这时，有个长辫子的小女孩眼睛里闪过一道光：“瑞典！”她，他们，实际上都天资聪颖，感受自己喜爱的事物都是认真的，读书学习也是很有趣的。

孩子们很好动，尤其是像这样聚在一起又没有课堂学业压力时。“多半会一直这样从开始到结束吧”，我在心里叹了一口气。然而，当我讲述书中跌宕起伏的故事时，当我告诉他们调皮捣蛋的小男孩尼尔斯历经苦难后变成一个忠厚善良的少年时，他们却乖乖地坐在座位上，目不转睛地盯着我。我告诉那个长睫毛、大眼睛、抢走我笔记本的小女孩，告诉那个自信写字好看却不敢上台展示的小女孩，告诉那个总是忙着和同桌打闹讲话的小男孩，告诉那个白白净净低头读书、不正眼瞧我的小男孩……我告诉他们：你们现在或许很淘气，但只要你们勇敢善良，你们都可以像尼尔斯那样成长起来，变成一个成熟稳重、讨人喜欢的人，总有一天会的。我发现，这时他们都屏住呼吸、挺直腰杆，眼睛里充溢着对未来的希冀。

…………

助读结束后，孩子们高高兴兴地离开了，我们也踏上了归程。一路上曾玥兴致很高，一直和高老师谈论着书屋的事。她们谈到孩子们的眼界不够开阔，缺乏对世界的认识；谈到书屋的书籍利用不够充分，孩子们的阅读量远远不足；还有家长们缺少对孩子们读书的重视，孩子们阅读诗文和自然科学类书籍太少……

我在一旁听着，心里充满信心与希望：有这么多的人在关心、帮助着这些孩子们，这个小小的、简陋的书屋一定会有越来越多的书籍，一定会有越来越多的孩子，一定会有越来越浓郁的书香……一定会的！

（山东省实验中学2016级20班　王子冉）

第四辑 互赠

心之窗

刚迈出车门，一阵熟悉的青草香便涌入鼻端，混合着稻谷的气息，乡村的亲切感扑面而来。怀着忐忑激动的心情，我踏入平阴县玫瑰镇王小庄村的书屋。

书屋十分简陋，然而孩子们好学的心却丝毫未受影响，一双双热切兴奋的眼睛满含着对知识的渴望。此情此景，使我第一次感受到了身为小老师的责任。

自我介绍后，我便同孩子们聊起了儿时读书的往事。在《唐诗三百首》中度过的幼儿园，与伙伴们一起读《红飘带狮王》的惊喜与刺激，因《草房子》而爱上读书，再到对《追风筝的人》《灿烂千阳》的痴迷与狂热……我的思绪如汩汩泉水，源源不断地自脑海中涌出。慢慢地，我不再像开始时那般紧张，逐渐进入了角色。

第二个环节是向小朋友们介绍《了不起的狐狸爸爸》。我先请几位同学分享读后感，发现小朋友虽喜欢读书，却不善于表达。我灵机一动，在接下来的朗读中边读边提问，并对回答的同学予以奖励，以激发他们回答问题的积极性。其间有个小男孩十分积极，每个问题都举手。面对回答问题如此踊跃的孩子，我给足机会让他发言。问他读过什么书，他激动地说自己热爱昆虫，已读完《昆虫记》。小小年纪竟有如此阅读热情，我多次表扬了他，

并号召全体同学为他鼓掌。掌声中，他的小脸微微泛红，一种孩童特有的天真与朝气绽放在面庞，那一瞬间的眼神格外明亮。倏然，我脑海中闪过一句话：你的每一次称赞，都是让这个孩子变得越来越好的动力。平生第一次，我也体会到了小老师的神圣感——老师的每句夸赞犹如一盏心灯，可以点亮学生前行的方向。真诚的鼓励、热烈的掌声，不仅坚定了他读书的信念，也激发了其他同学的阅读热情。在《昆虫记》的故事分享中，我们读得投入，孩子们听得认真，遇到有趣的情节，教室里便溢满开怀的笑声。

接下来，是讲笑话、猜谜语的放松时刻。其中，有一个叫汝心如的小女孩给我留下了深刻印象，她猜中了一个很难的谜底“幽”，还用优美的语言描绘了一幅山村风景画。闲聊时，她同我谈起她爱读书，她读过泰戈尔的很多诗，虽不理解诗中含义，仍十分喜欢。我告诉她读不懂无妨，但一定要坚持下来。记得香港作家张小娴曾说过，曾经觉得不好喝的酒，或许是当时没有喝到好的年份，或许是那时候还不懂它的好。就像你买了回来、觉得不好看、顺手搁在一边的书，若干年后你无意中再拿起来看，却赞叹不已，恨自己当时错过了这么好的一本书。而其实，你并没有错过。只是要经历一个过程，那时候你还不懂得。只要在不断阅读的过程中勤于思考，那些曾经解不开的奥秘终会水落石出。留名字时，我发现她的字也写得很漂亮，遂与她分享了我儿时的练字趣事，讲完后不约而同地笑了。和她在一起的时光，我仿佛也回到了童年……

休息时，我向孩子们分发提前准备的卡纸，教折幸运星。先演示步骤，接着一对一指导，期间当然少不了赞美和鼓励。看到他们折的一个个幸运星，那份幸福与满足令我真切体会到了什么是“赠人玫瑰，手有余香”。我想，助读的意义便是如此吧。让孩子们在引导与互动中感受语言文字的魅力，慢慢打开他们的心灵之窗。高尔基有言，书籍是人类进步的阶梯。阅读可以塑造人的灵魂，心会在滋养中渐渐成熟。

快乐的时光倍觉短暂。临别之际，几个同学围住我，邀请我与他们合影。

他们天真的笑容、质朴的情谊，深深触动了我的心弦。感动与不舍在心头交织，我张开双臂，紧紧抱住了他们。

那个午后，乡村的暖阳透过秋日不甚茂密的枝叶洒向地面，照在孩子们身上，也照在我身上，一种融融的暖意在心中涌动。助读让我们相遇相识，在美丽的文字中流连，有倾听，有笑声，有美好时光的记录，更有好书的种子于心田的播撒。阅读为我们打开一扇心之窗，窗外风光旖旎，那是书籍对心灵的抚慰，给了我们桃花源般的安宁与美好。挥手道别时，心中默默许下承诺：不久的将来，可爱的小朋友们，我们再相聚！

（山东省实验中学2017级25班　金婧菲）

折幸运星

家长点评

书是人类智慧和心血的结晶，读好书可以塑造人的精、气、神。女儿通过参加助读活动，走进乡村小学，走进孩子们中间，为小学生们朗读，分享精彩篇章，引领孩子们体会文字之美、书籍之香。在教室这方小天地里，认真、充分的准备促成了与小学生的良好互动；蹲下来倾听，善于发现亮点，及时予以鼓励，以激发孩子们的阅读热情，让隽永的文字走进他们幼小的心灵。借助读之桥，用心体验助读的意义——帮助他人，成长自己。

心灵之桥

屋外寒风刺骨，屋内暖意融融。

再次踏入助读教室，我的心已不似第一次那般忐忑。望着孩子们眼中交织在一起的兴奋与期待，丝丝暖意涌上心头，我微笑着走上讲台。

有了上次的经验，我把故事情节由先读再提问改为边读边提问。果然，孩子们比之前活跃多了，交流讨论声此起彼伏。每读一段，我都会对重点内容进行讲解，之后马上提问，以锻炼大家捕捉、概括信息的能力。起初举手的人较少，但鼓励与引导像一粒火种，点燃了孩子们积极思考、踊跃发言的热情，回答问题的人渐渐多起来。最后，我对《爷爷一定有办法》的主旨做了分析：毯子用小后，爷爷并没有将它丢在一边，而是积极想办法，将其改成背心、领带、纽扣……这也启示我们在遇到困难时不能轻言放弃，而是要想办法努力去克服。

由于同学们的年龄不同，在随后的"中国结"学习中，我遇到了一个难题："中国结"的编法有些复杂，只靠现场演示与讲解很难使六七岁的孩子们几分钟内都学会，这可如何是好？不免有点着急。尽管我把书中的图案画在纸上、再贴到黑板上，但依然有点手忙脚乱、顾此失彼。高老师见此情况，建议我将大家分组，由学会的来帮助其他人。一试，果然奏效，心中不禁佩服起经验丰富的高老师。这样既节约了时间，又让小朋友体会到了做"小老师”的自豪与快乐。我想，教孩子们编“中国结”如同管理团队，领导不可能事事亲力亲为，应该将任务分配给各部门，实施层级管理。这样，既能提高办事效率，还能更好地体现团队合作精神。

这次助读让我真切体会到遇到困难等着、靠着、抱怨都无济于事，得设法去解决。在对助读安排的不断改进与完善中，我也不停地探索，从一次次的尝试中获取经验，在一次次的失败中总结教训，正所谓“实践出真知”。

助读引领乡村孩子们在快乐中浸润书香，使我在不断调整授课方式的过程中逐渐成长。它像一座桥，而书籍则是开启孩子们心灵之门的钥匙。与乡村孩子们相伴的时光总是那么美好，他们如同未经雕琢的美玉，闪烁着浑然天成的光泽。而我能有幸走近他们，一起阅读、一起做手工，点点滴滴的时光洒满了幸福与快乐！望着他们一张张红扑扑、笑盈盈的小脸儿，一点点、一幕幕，都是那么令人难忘……

（山东省实验中学2017级25班　金婧菲）

那些孩子教给我们的

大家来认认这个字

那天的阳光很浓稠，浇了我们满身，浇得皮肤也热辣辣的。在那样的一天，我来到了商河县郑路镇武集小学，第一次参加助读活动。

第一次坐上三轮车，在崎岖的乡间小路上左拐右拐，到了小石家书屋。踏进书屋的那一瞬，我的心怦怦直跳。看到坐得笔直的大小不一的孩子们和他们热切的眼神，“初出茅庐”的我们四人站在黑板前面面相觑，真是有点尴尬。同行的一名男生拿出自己带的《猫武士》开始介绍，一下子引起了孩子们的兴趣，气氛也逐渐活跃起来。

为了让孩子们放松，我们走到他们中间，谈论书、诗歌，一起玩魔方，唱流行歌曲，孩子们愈发活泼起来。我们介绍图书时，他们全神贯注；一起交流时，有的孩子表现欲非常强，想办法吸引我们的注意。听说他们的父母都在外地打工，很少回家，小小的他们极力表现，我想主要是为了赢得一些本应得到的关注和爱吧。通过他们，我真切明白了每个人的成长都是不同的；当了解了背后的原因时，便能更加真实地理解他们，懂得他们的心情。

临走时，问他们希望下次能带来什么，大部分孩子都想要新的图书，几个女孩悄悄告诉我想要粉色的书包和文具盒。他们提到图书时眼睛里的渴望，又一次深深地感动了我。

下午，我和几位学姐到了条件更艰苦的张庙小学小张村书屋。书屋的墙皮已经大片脱落，露出了泥土，有的桌椅摇摇晃晃的，书架更是破旧，而且所有的图书也不足我自己藏书的十分之一。我们一进门，孩子们便全体起立喊“老师好”，一张张笑脸像是正午时分的向日葵。他们有些羞涩，好在几个高三的学姐带着一起互动，气氛很快活跃了起来。玩击鼓传花的时候，满教室的孩子们都笑着、叫着。比起一开始的拘谨，这时的他们才是最真实的。

后来我们问起他们的理想，出乎意料，孩子们都有些茫然，甚至不知道“理想”是指什么。我们由此意识到，读书不仅仅是给人知识，更是教会人们了解世界、思考人生。对这些孩子来说，读书是他们了解外界的最佳途径。他们并不是不想读书，而是这个环境给他们的机会太少。也是从那一刻起我发现：如果自己能为别人的生命带去哪怕微不足道的积极影响，也是十分美好的事情。

助读时间虽然短暂，但这只是开始，以后还有很多机会。对孩子们来说，也许我们带去的是不一样的外部世界；而对我来说，孩子们教会我的，比我所带去的要多得多。

（山东省实验中学2017级26班　杨子瑶）

家长点评

孩子的成长，除了物质和知识，更宝贵的是经历与品格。正如子瑶文章里所说的："孩子们教会我的，比我所带去的要多得多。"很高兴她能有这样的感触和认知，很感谢组织活动的老师和家长。作为父母，我们总是尽力给孩子营造最舒适的环境，却往往忽视了孩子与真实世界的接触，以及这些经历所给予孩子的锻炼。苦寒所至，才能产生沁人的花香；风雨路上，才能摆脱温室的娇弱。我们和子瑶一起由衷感谢乡间的孩子，因为他们触动了我们内心最柔软、最善良也是最幸福的那方净土。

心灵之旅

早上六点钟醒来，我的心便一直隐隐地激动着：这是第一次“下乡”助读，要在怎样的环境下面对什么样的孩子？望着车窗外美丽的景色，我一时也得不出答案，只好让思绪随风在初夏的麦垄上拂过。

颠簸了两个多钟头，到了武集小学。一下车，我不禁惊奇地眨眨眼睛：这里的学校和天空，真如小说《草房子》中描绘的那样，只是教室并非草房子，而是一排排整齐的砖房；不大不小的操场上，有鲜红色的跑道，与长得密密的绿草坪。打眼看去，每一种颜色是那么清晰，组合起来是那么美。

一位当地的阿姨驾着三轮车把我们带到了小石家书屋。热情开朗是孩子们给我的第一印象，没等我们开口，他们便带着稚嫩的童音喊道：“老师好！”孩子是最纯真的，有什么想法都愿意分享，没过多久我们便成了朋友。许多预想中的困难，在他们的笑脸下统统不存在了。

交流中，我发现孩子们十分热爱阅读。当我们推荐自己喜爱的书时，听到没读过的书名，他们眼神中流露出浓浓的兴趣。

在自主阅读阶段，孩子们坐得很近，不说一句话。见此情形我感到些许惭愧：这是一个书籍匮乏、学习知识也很不容易的乡村，这里的孩子是这么热爱阅读，而生活在城市里的我，像他们这么大时，恐怕也只是看过几部动画片罢了。能够学习，其实是一件多么幸福的事情，这是只有亲身经历才能体会到的。

后来我们聊起了自己的生活。农村生活也有别样的精彩：闲暇时光，不会过多沉溺于手机、电视，而是在原野上奔跑，在地里捉蚂蚱，与家养小动物玩耍。与自然的亲近，赋予了他们结实健康的身体、阳光开朗的心态。与我们的童年相比，哪个更像孩子呢？

这些可爱的孩子们，天真纯朴，渴求知识，也不乏聪明才智，但受制于外界环境，得不到良好的教育。也许他们中的不少人，不得不像父辈一样，一辈子待在村子里。想到这些，心中不禁隐隐作痛，同时暗下决心：尽自己的力量多帮助他们，鼓励他们好好学习，将来到外面的世界体验一番。

午饭后又去了另外一间书屋，这里的孩子同样热爱看书，由于书不多，孩子们竟可以把不少段落背出来。问他们为什么要读书时，听到“为了梦想”和“上好大学”的回答，我眼眶湿润了。

…………

一次难忘的助读之行，我收获的不仅是如何在孩子们面前做一名小老师、大哥哥，还切实体会到了学习真的是一件快乐幸福的事情。希望以后还

分享图书

有机会，能继续我的助读行动，为孩子们的成长尽上一份微薄的力量。

（山东省实验中学2017级25班　周　岳）

家长点评

通过助读活动，周岳被自己所看到、感受到的深深地触动了。乡村孩子学习条件虽然较差，但是他们阳光健康，强烈渴求知识，认真对待每一位“小老师”和学习机会，希望通过自己的努力改变命运。希望周岳今后有机会继续参加助读活动，给予乡村孩子更大的帮助。

看　见

7月8日一大早，我们从省实验中学出发，坐了两个多小时的大巴，又在电动三轮车上颠簸了好一会儿，终于到了商河县郑路镇武集小学小石家书屋。

虽然书屋比较简陋，却已是农村学生难得的学习场所了。书屋中的书籍种类有点单一，童话故事较多，科普读物较少。我们几个商量好下次多带一些科普类书籍，以弥补这个缺陷。

助读过程中也遇到一些问题，首当其冲的是不太容易与孩子们沟通。或许是成长环境的不同、年龄的差异导致共同语言少一些，还有一个突出的原因，就是孩子们都说方言。后来了解到，农村小学的老师也很少有讲普通话的。

写到这儿，不由得想起非遗保护中的方言问题。方言里蕴含的文化信息，是华夏民族几千年历史长河的宝贵积淀，共同构成了中华民族的基因，是应该妥善保护的。但时代的发展要求语言必须与时俱进，怎样才能使二者达到有机的平衡，这是一个亟待解决的课题。

还有一个问题，村里有很多留守儿童，是由爷爷奶奶们带大的，很少与外界打交道，所以应该创造机会让他们多到城市里看看。并不是说农村不好，而是说城市生活可以让农村孩子们更加真切地知道小村子之外还有更为广阔的天地。

请看这里

记得柴静在《看见》一书中说过，记者采访一定要深入进去，一定要有好奇心，一定要有探究答案的渴望。参加今天的活动，对她的话才真正地有所感悟：只有实实在在地参与进去，才能透过表面现象发现事物的本质。

上午在武集小学书屋，同行的三位同学讲得绘声绘色，而我基本是在旁听。下午在张庙小学书屋我吸取了教训，积极与孩子们沟通交流，学着放平心态，从他们的角度去思考问题，情况才有了明显的改观。其实也只有这样，助读才会有趣有味，充满快乐与幸福。

（山东省实验中学国际部2017级26班　张嘉祺）

家长点评

孩子在一天的助读时间里，看见了简陋的书屋、闭塞的环境、求知若渴的小朋友们，思考了方言、留守儿童以及如何进行深入交流的问题。面对崭新的助读角色，体会了从陌生到熟悉、从观摩到进入角色到依依不舍说再见，理解了什么才是真正的看见。看见，以眼、以身、以心。孩子，愿今后的每一个日子里，你都能看见、理解、思考、付出，收获更多的快乐与幸福。

把外面的世界带给乡村的孩子

7月8日第一次参加助读活动，既兴奋又忐忑。

小朋友们好

接近书屋时就听见了孩子们叽叽喳喳的说话声，一进门声音便戛然而止。毕竟初出茅庐，看着台下天真又略带羞怯的目光，我一时竟不知该如何开场。按照计划，大家先互做自我介绍，然后我们轮流推荐自己喜欢的书目，同时穿插读诗、唱歌、背单词等活动。渐渐地，与孩子们熟悉了起来，一上午的活动在不知不觉中结束了。

下午我们又到了另一所书屋。与上午的不一样，这里的孩子多一些，而且都坐得板板正正的。我们刚进门就听见一声清脆的“起立”，孩子们呼啦站起来齐声问“老师好”。有了上午的经验，更有高三学姐相助，下午自如多了。先请孩子自愿上台背诵古诗，然后板书了一首现代诗、一首古体诗，并带着他们诵读。起初还担心教学方式是不是有点枯燥，但惊讶的是孩子们有很高的学习热情：自愿上台时，大家踊跃举手；一起诵读时，虽然因为年纪小难免有拖长腔的毛病，但几乎所有的小同学都全身心地投入。在他们认真的小脸上，我看到了对知识的渴望。

由他们不禁想起自己的童年那似曾相识的一幕，只是相较于我们，这里的孩子获取知识的途径少了太多。进而开始思索：我们到底更应该带给他们什么？也许不仅仅是几则故事几首诗，更应该是广阔的视野。

其实我也有些矛盾：本打算把自己出国的一些照片带来，介绍一些异域见闻，但是如果我们只限于讲述外面世界的美好，又无力帮助他们真正走出去，会不会使他们产生自卑情绪或厌倦农村的生活？利弊实在难以权衡。

不过今天的活动后我还是决定：再来助读时，还是要将外面的世界带给他们，因为他们渴求、热切的目光已经说明了一切。

（山东省实验中学2017级26班　陈嘉桐）

家长点评

当小老师，和乡村的孩子们一起诵读、唱歌、游戏——这一切对城市的孩子而言是新鲜的，对乡村孩子来说同样是新奇的。助读活动到底给孩子带来了什么？是背过了几首诗，学唱了几支歌？是，但又不仅仅是。就像陈嘉桐所说的，真正的收获“更应该是广阔的视野”。而这个“视野”，不仅是城市带给乡村的，更是乡村带给城市的。“天涯海角心连心”助读活动把城市和乡村孩子的心紧紧连接在了一起，为彼此打开了一扇窗、架起了一座桥——世界就是这样一点点美好起来的。祝愿“天涯海角心连心”助读活动能把天涯海角的心都紧紧地连接在一起！

永远年轻　永远热泪盈眶

2018年小年刚过，我们参加了民盟盟员高惠燕老师组织的“天涯海角心连心”助读活动。

这次活动志愿者的年龄跨度很大，有大学生、高中生，还有小学生。作为一名在高中一线教学16年的老教师，我以高中班主任的眼光观察了他们在活动中的表现，必须说，所有人都非常棒，远远超出我的预期。

两名大学生以前曾参加过助读，她们以学长的身份热情帮助学弟学妹们组织活动，中午休息时又提出了中肯的建议，包括活动现场安排、高中生如何拓宽知识面等，惊讶之余，不由得感叹她俩做事的周到和细心。

凡事预则立，不预则废。因为是第一次参加这样的活动，班里的孩子们对现场情况估计略有不足，好在做了很多准备，没有出现什么大问题。相信随着经验的积累，他们以后的表现会越来越好。

在助读活动中，虽然这些十六七岁的高中生是在帮助小同学，但应该说他们才是这次活动最大的获益者。

不少人问我为什么提倡高中生参加这样的活动，我想说两个原因：

第一，在大家的智商能力、用功程度都相当的情况下，人生中很多关口考查的是大家的见识。增长见识有很多办法，读书是最重要的选择之一，所以我经常在班会上强调读书的重要性。但是，很多事情百闻不如一做，唯有亲身经历才有最深刻的感受。现场的窘迫、紧张、尴尬、温暖、贴心、触动等等，是难以用语言描述出来的。不同的成长环境，就有不同的观察世界的视角。每个人在不了解对方成长经历的情况下，应该采取宽容温和的态度感受他人。

第二，人是忘性很大的动物，所有人的记忆都有近因效应。大家长到十六七岁，可能已经忘了六七岁或者更小时候的很多曾经很深刻的记忆。如果说与年龄大的人交流可以让你快速获得很多人生的经验和感悟的话，那么与年纪小的人交流则能帮助你反思自己的成长经历，从而感受到你曾经得到过多少人的帮助。自己在亲身付出、帮助他人的时候，能愈发真切地感恩曾经帮助过、关心过你的人。

活动过后，孩子们撰写了他们的反思和感悟，其中不乏少年的抱负和情怀。如果用一句话总结，我会说：不负他们提前几日的准备和这一天的辛苦。

1

放假第二天，竟然起得比上学还早。或许是有些兴奋和期待，两个小时的车程感觉过得很快。当车子缓缓驶入商河县郑路镇张庙小学的校门时，看着孩子们一个个背着小书包排着队有序地进入，心中有些紧张：我能否与他们打成一片，做好老师的角色？孩子们是否会喜欢我？

可是，当见到孩子们因为寒冷而冻得通红的小脸、洋溢着开心的笑容时，所有的担忧都烟消云散了。

起初是有些陌生拘谨，但孩子们积极热情的回应使得课堂气氛很快活跃了起来。我问：“你们最近读了什么书啊？谁想来跟大家讲讲？”一个个都板正地举起小手，虽不是侃侃而谈，但稚嫩的话语很让人欣喜。或许只是读了书中的部分内容，或许发音不那么正确，普通话也不是那么标准，得到夸奖后还会羞涩腼腆地微笑，但都是一点一滴的进步。

做游戏

不过我们也遇到了难题：有个孩子不太合群，谈书时不发言，只是木讷地站着，大家齐背古诗时他也不张嘴。该如何让他尽快融入集体呢？注意到他桌上摆着本关于恐龙的书，就试着交流一下，果然见效，他立刻活跃了起来，眼睛里闪烁着光芒，跟刚才比简直判若两人。

本计划上午结束课程，没想到孩子们很是不舍，强烈要求下午继续。

因为活动需要，上午的四个组下午变成了两个组，我们组换了一个教室也换了一批孩子。当我去上午的教室旁听时，孩子们看到我都兴奋地回过头，有孩子甚至过来拉着我的衣袖问："老师，你为什么下午不教我们了啊？"看着孩子们期待似乎还有些责备的目光，我一时语塞，没想到短短一个上午的时间与他们的感情已如此深了。

下午的课程结束了，班长提议去踢球，孩子们群起响应，不知从哪儿找来一个漏气的排球，玩得不亦乐乎。

阳光下奔跑的孩子们是最快乐的。泛黄的草地、湛蓝的天空映着孩子们通红的笑脸，即使摔倒也是幸福的。那一刻，我们也参与其中，没有任何的烦恼，只想尽情地奔跑。

很感谢这次机会，让我们走近孩子们，去体会老师的甜与苦。更感谢孩子们，他们带给我们的远比我们带给他们的要多得多，他们总能以朴实和童真让人眼泛泪花又笑出声来。从开始的生涩陌生到后来的依依不舍，依然记得背诗时孩子们洪亮的嗓音，依然记得临走时孩子们不舍地追问什么时候再来，依然记得孩子们一个个充满童趣让人招架不住的问题，依然记得孩子们齐唱送别时的感动，也依然记得孩子们在球场上的无忧无虑。最重要的，是我欣喜地发现原来在物质方面略有欠缺的他们，精神世界却和我们一样甚至比我们更加丰富多彩。愿我们自始至终都不要失去童稚的热情。

岁月静好，愿孩子们的童年永远灿烂！

（姜雨涵）

2

通过今天的支教活动，重温小学时光的同时，也体验到了当老师的快乐与艰辛。在与小朋友们互动、交流的过程中，很多感触和收获是前所未有的。

首先说一下当老师的收获。去的路上邓老师已经给我们打了预防针，说当老师远没有想象中的那么容易，况且我们这次的身份准确说是孩子们的“知心朋友”“倾听者”。

四朵金花

一方面，交流的时候要放低身段，不要有所谓高中生的优越感，即使小学生也有值得学习的地方，就像韩愈《师说》中提到的那样：“生乎吾前，其闻道也固先乎吾，吾从而师之；生乎吾后，其闻道也亦先乎吾，吾从而师之。”况且他们读过的书可能远比我们想象得要多，后来证明确实如此。另一方面，老师的职责是当学生的“金手指”，是启发、引导他们探索问题的关键所在，而不是强硬的灌输，后者的效果是微乎其微的。例如，比起直接告诉孩子恐龙是因为陨石撞击地球才灭绝的，远不如让他们说出自己的想法有趣。让大家猜猜灭绝的原因，听听五花八门的答案，我们会不由地感叹：孩子们的想象力确实丰富啊！

此外，提问时要巧妙地暗示、引导孩子们向正确答案靠拢，直到哪个小朋友答到了点子上。听完邓老师的讲述，我终于明白了为什么从小到大遇到的老师都喜欢成绩好的学生，原来是他们的频率和老师比较同步。

其次说一下与小朋友交流中的收获。助读环节包括三部分：一、读书之感；二、物理小实验；三、二十四节气及数九歌。

第一环节中，有惊喜也有意外。惊喜的是有个三年级的小朋友竟然读过《假如给我三天光明》，并概括了故事内容，总结了海伦·凯勒值得学习的精神。但是有位小朋友一直沉默不语，背古诗也不积极，提到恐龙时才开始逐渐融入课堂，因此我们以后应注意学习内容的多元化。意外的是孩子们对学古诗有很高的热情，不仅争先恐后地回答问题，有的小朋友甚至还尝试过写古诗。

第二环节中，我们实验准备得不太充分，现场也不能直观地观察到有趣的实验现象，这是以后需要改进的地方。

第三环节中，在教小朋友二十四节气的同时自己也学到了很多知识。

今天的最大收获是，在小朋友的身上看到了曾经的自己：对新鲜事物的好奇、天马行空的想象力、对童话故事的向往、对动物世界的温情……在我们的成长过程中，每个人都背着一个行囊，空间有限必定要舍弃一些才能继续前行，舍弃的可能有童真、好奇心、对人的无限信任以及藏在心底最真实的语言。只有在与小朋友相处时我们才能看到所舍弃事物的影子，才能感受到那些最珍贵的“礼物”我们曾经拥有过。正如《小王子》里面所说，每个大人都曾是少年，只不过很少人记得。

在此也要感谢那些曾帮助过我们的人，有老师，有同学，有家长，也有匆匆的过客。正是他们，让我们拥有了不忘初心、继续前行的动力。

（卢金娇）

3

今天阳光浅浅的。

一个画漫画的小男孩，第一次见面，就感觉到他的特别——在教室里帽子也不摘下来。喜欢画漫画，其画内容很丰富且颇有童趣。校长说，因为他读的书比较多。

助读中有一个说笑话、讲故事的环节，他非常踊跃，其他孩子都是捧着书念谜语让大家猜，而他是想到什么说什么，让我这个16岁的大姐姐也刮目相看。

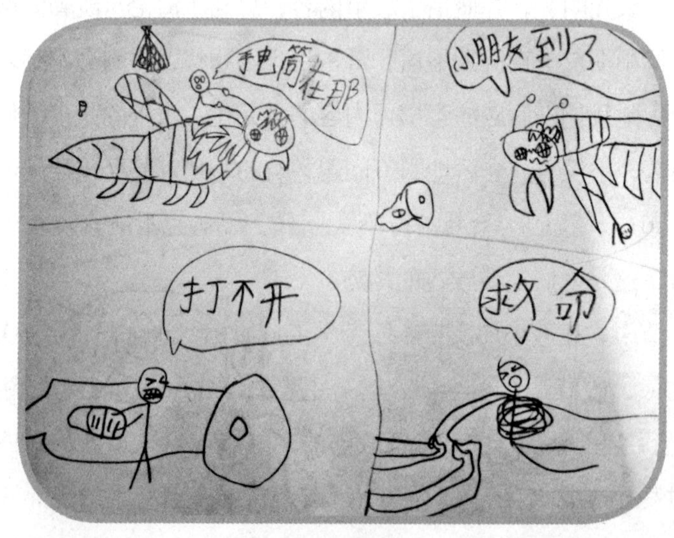

小同学的漫画

他的注意力有时不在我这儿，但也很听话，不过其他孩子受到挫折后一般是找人倾诉，可他有什么事儿就会钻到桌子底下打滚，怎么叫也不起来。有一次跟一个小朋友打闹后，他又钻进桌子下面不出来。为什么呢？我没有问出个究竟。临别时我说："姐姐要走了，没有什么给你留念的东西。"他说："姐姐你走吧，俺会想着你的。"

小孩子的内心其实是很简单很单纯的。有个七岁的小姑娘一直不愿参与游戏，可怜巴巴地坐在那里，问原因也不说，只是摇头，摇着摇着就眼泪汪汪了。后来单独陪她出去仔细询问才知道了：她想要节气表和气球。

由此可见，从孩子的角度看问题是非常重要的。我们的问题都是从我们的角度出发的，所以很难说到孩子的心里。应该换位思考，以孩子的眼光考虑问题。很多事情只有深入交流后才能真正理解别人。陪伴小孩子是需要耐心的。

卡耐基说过："如果要成为一个善于交谈的人，一定要先成为一个愿意倾听的人。"通过与孩子们将近一天的交流，我发现："只有耐心做一个倾听者，我们才有可能深入孩子的内心。"

（杜金晓）

4

特意选一个阳光可以照在案头的下午，将小同学们一一回忆，因为你们的笑容给我带来了无限温暖。

当领到我们组的那一队宝宝时，真的好兴奋，感觉自己可以借他们的手再穿越一次回到童年。将三个小朋友拉过来，围坐在身边，请他们谈一下正在读的书。他们都不说话，只是看着你。拿起书，找到一篇，四个人像小学生一样，一人一段，一个字一个字地读，突然感觉上帝造人时，定是故意将读书的样子设定为了最美的样子。

十点多，像孩子王一样，带着他们出教室玩。一个宝宝却独自站在一

画漫画的小男孩

旁，你走过去，牵起她的手，蹲下，仰头正好可以看到她的眼睛，问："为什么不去玩呀？"宝宝无语，你也不再追问，站起来，在她旁边，陪着她看眼前的欢声笑语。

那天的阳光，很柔，很美。无论是透过车窗的晨曦、夕阳，还是穿过教室窗户射在桌上的斑驳，抑或是让我们在操场上投下影子的那一束，都像你们的笑容一样，很柔，很美。

（吴 辰）

5

哲学家说，教育是"一棵树摇动另一棵树，一朵云推动另一朵云，一个灵魂唤醒另一个灵魂"。

遇见你后，我懂了。

我教你二十四节气、生物科学、唐诗宋词，而你告诉我一片草叶和另一片草叶细微的不同以及花开的季节，还热情地把你的朋友——月光白的麋鹿、害羞的鸢尾介绍给我。你一笑，干净的露水打湿了我的心，让我想起世界小的时候和我小的时候的样子。

这次助读，让我体会到了当老师的辛苦，让他们记住二十四节气尚需耐心和时间，更别说圆锥曲线、电磁感应了。

凡事预则立。这次没准备好的是开场白，导致有些冷场，多亏两位学姐相助。以后的学习生活也要学会先列清单再列计划，有备无患。

上午聊完书后带着小朋友们做游戏，大家玩得都很开心。其他小组有为了物理小实验准备气球的，我们组的小朋友看到后就问为什么没有气球玩，而大多数有气球的孩子也不想分享，让我们很尴尬。

我们都是从学生阶段一步步走过来的，老师也说过“要学会分享，要相互帮助，要共同进步”，但如果没有具体规则引导，很难让大家体会到什么是团队合作。

其实是有许多解决办法的，关键是设计出好的规则，引导大家展现好的方面，让他们有机会帮助他人，获得成就感与自信心。关键是，我们要爱孩子本来的样子。

（陈嘉润）

（山东省实验中学2016级50班班主任　邓　珍）

玫瑰余香

坐在闷热的巴士上，我的思绪不禁飘回了昨天……

昨天中午，母亲跟我提起这次支教活动。“不去。”我不假思索，“学考就剩几周了，假期作业也很多，而且晕车十分难受。”“带个塑料袋，”母亲说，“生活又不是只有学习。”怎么办？我只能苦笑一声：“随你吧。”

第二天清晨，我迷迷糊糊地吃罢早餐，便随父亲匆匆踏上了行程。与我一组的还有两个小学同学。“你们也是父母逼迫来的？”“不啊，自己想来。”我有些奇怪，也没再追问。

原以为一个小时左右就能到，哪知并非如此，而堵塞的交通与闷热的车厢更是雪上加霜。我强忍着眩晕，体内翻江倒海一般，加之想起本可以在家做作业，而考试又迫在眉睫，心中愈发后悔不迭。

随着一记沉闷的刹车声，我从恍惚中醒了过来。“终于到了！”我颤巍巍跑下车，大口喘着粗气，腿一软，坐在了地上。

“讲课的时间还不足坐车来回的六分之一，”我坐在书屋一角，“虽然这是为了学习和实践，但也未免太……”午时的阳光慵懒地洒进窗户，照在书上和脸上。我的同伴正在讲台前口若悬河地讲述着书中的世界，看着他潇洒的身姿与孩子们入迷的神情，我不由从心底生出一种莫名其妙的羡慕来。

“下面的你来讲。”看着同伴递来的书，我慌乱地应了一声，茫然地站起身。平日只会被灌输知识、不断应试的我，哪会当老师、教孩子读书？但看着那一双双澄澈的眼睛，我还是硬着头皮讲了起来。

我努力学着同伴的样子，希望讲得引人入胜，但终究掩饰不住自己的怯懦。儿时伶牙俐齿的我，此刻说出的却是枯燥的道理。有些孩子开始打呵欠了。“果然，我真的不适合来吗？”暗暗叹了口气，“但既然来了，也只好这般讲下去了。”

“这位小朋友，能请你读一下这一段吗？”

她有些不好意思，但还是读了起来。可能是紧张的缘故，有点磕磕巴巴，但非常投入。“读得不错，请坐。”她咧着嘴冲我一笑，我也冲她笑了笑。短短的交流，似乎我的语言变得不再那么枯燥了。

…………

课后，我们照了几张合影便准备离开，这时一个小女孩朝我跑过来，递上一罐饮料。“谢谢。”我有些惊讶，又有些感动。她是那个朗读的孩子。一时间孩子们纷纷喊起来：“谢谢，谢谢，下次再来！”“不客气。”我竟有些不知所措了。

虽然路程依旧，但想到上课的一个小时，还有短短的几声“谢谢”与孩子们的不舍，归途就不觉得那么难熬了。翻着手机中的相片，看着孩子们的笑脸，有些愧疚与怅然若失。“赠人玫瑰，手有余香”，我的玫瑰说实话并不漂亮，而孩子们没有嫌弃，又给予我如此美好的芳香。“教

玫瑰余香

学相长”，他们似乎也回赠了我另一朵玫瑰，感觉无比熟悉，却又夹着丝丝陌生——那是我曾经拥有的，但又说不出确切的颜色，只能感到它在一点点触动着我的心灵。

“明天你准备去哪儿？”下车后我不经意地问同伴。

“去新华书店看《×××》。”

“还有几十天就学考了，现在还看课外书不是浪费时间吗？更何况那种闲书对学习、考试没有任何帮助。”我脑海中飞快地闪过一系列念头，但种种莫名其妙的情感随即汹涌而来，顿时如梦初醒。

“不错哦。”

不知从何时起，我变成了一具只会学习的傀儡、一台为考试而读书的机器，不再像以前那般为取悦自己而读书。反而是在乡村，那些纯朴孩子们读书时的幸福笑容，帮我找回了被遗忘在书中的那个我……

自己书架的角落里，几本闲书早已布满了灰尘，谁会想到它们曾经被我视为珍宝。我小心地将封面的灰尘拭去，又一次放回了床头。

（济南市舜耕中学26级11班　庄立扬）

家长点评

助读活动中，儿子由“被逼迫”参加到最后满载而归的思想情感变化，让我们为之感动。家长对孩子的“逼迫”有风险，但在陪伴孩子成长时，使那么一点柔韧而恰到好处的“劲”，还是有必要的。

种下一粒种子

上周末我参加了助读活动，感触颇深，并因此与一年多未见的小学同学重逢且携手助读。虽然我们三人都没有这方面的经验，但在一张张稚气未脱的小脸的鼓励下，还是圆满完成了任务。

书屋比较干净整洁，十几个孩子，最大的上了三年级，他们安安静静看书的样子倒让我这个长期待在“喧闹”教室的人愣了一下。不知道是否所有书屋都这样，可我知道至少我们初中没有一个班能如此热爱阅读。或许是城市的喧嚣遮掩了阅读的乐趣，而他们又没有承受过重的学业压力。

此次助读的书目是《尼尔斯骑鹅旅行记》，我们三人依次讲述了前三章，期间小朋友们朗读了几段，虽不算流利，但都很认真。尽管大部分时间是我们讲故事，可从孩子们聚精会神的表情中可以看出，他们对这本书产生了浓厚的兴趣，而这也正是我们所希望的。

活动结束后我们留下了四本《尼尔斯骑鹅旅行记》供孩子们继续阅读，我想，我们留下的并非只有四本书，因为我们、前任及后任助读者在孩子们心中播下的阅读的种子将会成为一笔财富。正像颜之推说的“积财千万，无过读书”，这笔财富将伴随孩子们终生。

说过他人，反观自己。恰如前文所言，我们大多数人似乎失去了这笔财富。既然如此，为何不让我们成为自己的助读者呢？

我们要像帮助农村孩子一样，让自己也成为一个精神上富有的人。

（济南市舜耕中学26级12班　李清丰）

家长点评

在你的人生路上，这应该是头一次走出自己熟悉的圈子，去认识陌生而广阔的世界。你小心翼翼地开始学着运用自己有限的知识做有意义的事，帮助别人，也培养了自己的责任感。希望你能坚持下去，让人生更加丰富多彩。

看图说话

与你相遇

清明节假期的第一天，伴随着清晨的第一缕阳光，我们踏上了去商河助读的路程。这是我第一次参加助读活动，心情着实有点激动。也许是好事多磨吧，大巴车历经四个多小时，才到达了本次助读的目的地——张庙小学。

当地小学为我们准备了午餐，大家像一家人一样坐在一起吃饭的感觉无比温馨。吃完饭，我们四个人稍作休整后，见到了14名可爱的孩子。看到端端正正坐在课桌前的他们，我仿佛看到了小时候的自己——认真中带着一丝顽皮。

不同于大学课堂的沉闷，这里的小朋友都踊跃地举手回答问题，课堂上好热闹啊！本次我们准备了清明节、世界儿童读书日、安徒生的相关资料，刚开口时我因为小激动而有点语塞，可是他们依旧认真地听讲，使我很感动，小紧张也随之烟消云散了。同行的安宁为大家介绍了与清明节相关的诗歌、丑小鸭的故事，生动的语言让小朋友们听得入了迷。

随后，我们问起了小朋友们的理想，他们中有的想当老师，有的想当发明家，有的想当医生、歌手……由衷地希望他们都能实现自己的理想。我们也约定：一定好好学习！只有这样，才能过上自己想要的生活。

最后我们一起做击鼓传花的游戏——笔杆传到谁那里谁就表演才艺。有的小朋友很大方，有些害羞的小朋友在我们的鼓励下才站起来表演。玩老鹰抓小鸡、丢手绢游戏时，令我哭笑不得的是，小朋友们把手绢都丢给了我，反虽然“疲于奔命”却也乐在其中。

返回时，坐在车中看着可爱的孩子们，心里涌起了浓浓的不舍。很奇怪，我竟然能在这么短的时间内与他们产生这么深的感情，也许，这就是缘分吧。

（齐鲁工业大学　孙　旭）

传递爱　爱阅读

7月2日上午，我和同学一起参加了“天涯海角心连心”助读团队在平阴县玫瑰镇丁口村书屋的助读活动。

为让乡村孩子们体验阅读的乐趣，此行我们带去了《尼尔斯骑鹅旅行记》。希望通过共同努力，帮助这里的孩子养成“爱读书，读好书”的习惯，与书为伴，健康快乐地成长。

丁口村的书屋比较简陋，但孩子们都很聪明。虽然开始时彼此有点生疏，但随着助读活动的进行，孩子们渐渐被书中的内容所吸引，都积极踊跃地参与到互动中来。

此外，我又推荐了自己最喜欢的加拿大作家西顿写的《雷鸟红领子》，并提前打印了书中的精彩段落发给孩子们，引导他们一起阅读，一起思考。在一次次的互动中，我们加深了相互的了解。孩子们的思路很广，有自己的阅读方法，其聪明、机灵劲丝毫不比城里的孩子逊色。在我们朗读精彩段落时，他们听得很认真很投入，对于读完后提出的问题也能积极、准确地回答出来。

大家都很喜欢我带来的书，这让我很开心。因为，他们也有一颗爱阅读的心。

（济南市第十三中学60级1班　朱玥颖）

珍　惜

去年12月我有幸参加了“天涯海角心连心”助读活动。当得知要去商河助读时，我心里满是期盼。

路上的风景我无心欣赏，只想着助读的事情，并不时地向窗外张望：到哪儿了？两个多小时了，是不是快到了？终于，我们到达了目的地——商河县郑路镇武集小学。

到了助读地点芦坊书屋时，以为会见到乱哄哄的嬉闹场面，没想到孩子们都在安静地读书等待我们的到来。“我都不一定有这么强的自制力啊！”我暗暗地为孩子们跷起大拇指。

讲课过程中有一个环节是分角色表演“孟母三迁”的故事，我分好组让孩子们自由发挥，结果他们连一些细节都表演得很到位；休息时一起游戏，他们开心的笑声也深深感染了我……

这次助读让我体会到了当老师的不容易，更目睹了农村小朋友求知的认真和对知识的渴望。看到他们在小平房内学习，没有暖气，在寒冷中读书，小脸小手都冻伤了；而我们的教室里有暖气，有多媒体，学习上却不如他们自觉。我以后要好好学习，加倍努力，有机会再去帮助农村的孩子们。

（济南市第十三中学60级2班　王浚旭）

迟丽波老师点评

以上两位同学都是热爱读书的孩子，他们非常乐于参加助读活动，回来之后十分感谢我们团队给予他们的机会。他们说，参加助读活动，让他们明白读书是一件快乐的事，而且读书的分享更让他们快乐。

支书的心愿　我们的行动

——记大明湖小学2016级4班“小荷新柳”中队第一次爱心助读活动

4月16日，高惠燕老师和大明湖小学一年级四班“小荷新柳”中队到商河县龙桑寺镇王寨村“爱心书屋”开展第一次爱心助读活动。班主任王昱老师带着自己的孩子和班内四个家庭共13人参加了这次活动。

从济南到商河的路上，同学们在大巴车中集体背起了《三字经》《孝经》和古诗，欢歌笑语，春意浓浓。从龙桑寺镇到王寨村大约有30千米，我们到镇上的时候，村支部书记王秀亮已经在明德小学门口等候我们了。九点半我们到达王寨村“爱心书屋”，村里的小朋友远远看见我们就边跑边喊：“他们来了，他们来了！”还没下车，我们就感受到了孩子们的一片热情。

首先是王寨村“爱心书屋”的启动仪式。

高惠燕老师、王秀亮书记、王昱老师和郑路镇武集小学大杨庄爱心书屋管理员孙俊峰大姐一一发言，介绍了书屋的筹备过程、阅读的重要作用等。

王昱老师还将自己的书法作品“书山有路勤为径，学海无涯苦作舟”送给了书屋。

“小荷新柳”中队的五名学生代表将充满爱心的90本图书送到王寨村书屋的孩子代表手中。孩子们传递出去的不仅是图书，更是互帮互助手拉手的真挚友谊。

“小荷新柳”中队的同学们做自我介绍。

开始讲课。我们提前印好了阅读材料，每名同学都有。

王泳心同学介绍自己的读书心得。

路伟宸同学带来了春天的儿歌。

杨承浩同学讲解关于春天的古诗。

朱兴源同学和大家一起学习《对子歌》。

时间是短暂的，快乐和收获却是满满的。

愿王寨村“爱心书屋”成为一座建立友谊、通向未来的桥梁，期待爱心助读的美丽之花在春天里灿烂绽放！

(大明湖小学2016级4班班主任　王　昱)

我为伙伴献爱心

2月5日是一个难忘的日子：我第一次参加了爱心助读活动。

助读是什么？活动前我和妈妈进行了调查，了解到在济南周边有一些小村庄，那里的孩子家境不富裕，他们渴望读书，但没有书读，更不知如何读书，所以需要有爱心的人伸出援助之手。

和大哥哥一起助读

了解了助读的意义，我和妈妈决定要尽自己的努力去帮助村子里的小朋友，于是我们精心设计了活动方案，在家进行了彩排，还准备了小礼物。

6：50，助读车队从山东省实验中学门口出发，一路上穿行在浓雾之中，走了三个小时，到了商河县郑路镇大石家村书屋。

去之前，我觉得那里虽然不富裕，但起码应该会有教室，教室里会有课桌、黑板和讲台，但走进书屋才发现里面十分简陋：几张破旧的桌子拼在一起，墙壁漆黑，地面凹凸不平，没有黑板和讲台，墙角立着一个摇摇晃晃的书架，上面的书很旧也不多，小朋友们取暖就靠一个小火炉。

同组的还有两个大哥哥，我们一进门就有七八个同学围了过来，热情地欢迎我们。哥哥们也做了充分准备，简单商量后就各司其职开始上课了。

我们先让小朋友们猜字谜，没想到他们答得又快又对。接着根据答题情况把小朋友分成两组，一组跟着一位哥哥学习用纸杯做灯笼，其他小朋友跟着我和另一位哥哥学习元宵节的习俗和用彩纸折灯笼。大家学得很认真，不但学到了知识，还亲手制作了漂亮的灯笼，十分开心。

之后是推荐图书环节。我和妈妈分享了《绿野仙踪》《花婆婆》《好心眼巨人》《中国节日》，哥哥们分享了《西顿动物记》《纳尼亚传奇》等。小朋友们专心地听着，不时地问一些问题。

时间过得真快，不知不觉就到了下课时间，我们与小朋友合影后，恋恋不舍地离开了。

回家的路上，我想：这些小伙伴虽然家境不富裕，但热爱学习、热爱读书的热情并不低，所以我要尽我所能帮助他们，也希望有更多的好心人参与到助读活动中。

（济南市大明湖小学　战　放）

家长点评

和女儿第一次参加爱心书屋的助读活动，有收获也有感触：女儿的大方与热情出乎我的意料；农村孩子们的学习环境让我们感触颇深。希望有更多的志愿者帮助这些求知若渴的孩子们。

我是小小志愿者

今天，我去商河的一所乡村小学当小志愿者，有很深的体会。

我们早上6点多就起床了，去商河的路上我既激动又紧张：激动是因为我马上就可以与那里的小朋友一起读书，一起分享读书带来的快乐了；而紧张则是因为害怕会说话结巴、闹笑话。我在心里暗暗为自己打气，慢慢地，又充满自信了。

到了爱心书屋，我发现同学们正在一位老师的带领下学习。讲台上，一个小女孩正在读故事。她很用心，也十分吃力，一字一顿地。她读完时，台下响起了掌声。我坐在台下十分紧张，心想：如果读不好的话，人家会不会说，没想到城市的孩子还不如咱们乡下的小孩。上台后我却一点也不紧张了，流利地读着稿子，与他们讨论。他们高兴极了，我也同样高兴。

下午我又到了另外一个书屋，书屋里很黑，但依然座无虚席，同学们认真地学习着。

通过这次助读，我发现乡村的孩子比城市的孩子更加刻苦，他们在那么艰苦的条件下坚持读书，在本该休息的时间读书。我们坐在窗明几净的教室里，就更应该勤学苦练了。我们一定也要像乡村的孩子一样发奋努力。

（济南市经十一路小学四年级　孙玮昀）

高惠燕老师点评

玮昀是个有爱心的小朋友。上个学期不仅捐出了17本书给爱心书屋的小朋友，还给他们写了封感情真挚的信，希望有天能和他们做朋友。国庆节期间，终于有机会跟着妈妈去做了一天志愿者。临行前，她重温了自己喜欢的书并写了感悟，在妈妈的指导下精心做了爱心卡，还准备了成语故事、英语歌曲等。10月6日在大石家、小石家书屋，玮昀圆满完成了“小老师”的任务，受到了一致的称赞。

春天里，做一件美丽的事

美丽的春天，悄悄地来到了我们身边。从去年底，我就和妈妈一起每隔一周去给贫困地区的农村小朋友讲一次课。妈妈说，希望我们的行动能让更多的小朋友爱上读书。

我看到小朋友生活困难，就用自己的压岁钱给他们买了图书和本子等学习用品。圣诞节那天，我和妈妈带去了圣诞树和礼物，与书屋的小朋友们一起玩了击鼓传帽的游戏，幸运的小朋友可以挑选一本喜欢的书作为新年的礼物。

小年那天，我写了好多“福”字送给小朋友，祝愿每一个家庭“鸡年大吉”。

正月初九，我作为小导游热情接待了商河来的小朋友，带他们游览了碧波荡漾的大明湖，参观了济南报业集团，并进行了专题采访。

除此之外，我还给商河的小朋友编排了爱读书的《小狐狸》《雕凤凰》等小话剧，受到了热烈欢迎。

就在昨天，我推荐了自己喜欢的书——《夏洛的网》，教小朋友把一首诗歌补充完整，带领小朋友背诵有关春天的古诗，教他们跳了扇子舞《春眠不觉晓》。

在这个春天里，我希望用我的爱心给更多的小朋友带去快乐。我觉得，付出爱比得到爱更幸福。

（山东大学辅仁小学　张晢媛）

春天，种下一颗读书的种子

初春，温润的新绿让刚刚经过冬日的济南有了些温暖，我望着车窗外不断向后退去的青幽幽的麦田，想起不久前助读演练的场景。

爸爸妈妈作为实验八九级的校友，早早地就开始筹划这次以“国际儿童读书日”为主题的助读活动，表示一定要完成高奶奶布置的作业。虽然我知道，自己面对的只是一些低年级的小同学，但毕竟是第一次参加这种活动，给别人讲课，我的心情还是有些紧张。

在车内依然难以平复自己激动的心情，所以平日里活泼的我一路上没怎么说话，一直在心里一遍一遍地重复着每段讲解、每句台词、每个细节。看着车窗外的景色从高楼大厦延伸成绿色的麦田最终出现低矮的平房，我知道，目的地——商河县郑路镇张庙小学到了。

第一堂课是杨阿姨带给同学们的《阅读点亮人生》讲座。我站在书屋旁默默地练习，听到书屋里不时传出的同学们积极回答问题的声音，我之前的担心渐渐烟消云散了。终于该我上场了，台下一双双清澈的眼睛注视着我。因为今天是安徒生的诞辰纪念日，所以我为同学们分享了著名的童话故事《丑小鸭》。分享过后，我一边举手示意一边提问：“哪个小朋友也想分享一下自己读过的书啊？”台下的小朋友们瞬间都高高地举起小手，离我比较近的更是热切地看着我，轻声并急促地说：“姐姐让我来说吧。”“姐姐让我来吧。”我对一位穿着校服、离我最近的小朋友说：“你来吧。”他快步跑上讲台，从我手中拿过话筒，开始朗读《黄香温席》，稚嫩的声音和流露出的真情也深深地感染了我。随后，同行的宋秋实、张沐宁姐姐分享了《骆驼祥子》和《狼王梦》。

实验环节开始了，我拿起早就准备好的双色丝带走上了台。“嗨，大家好，我们又见面了！今天我将带领大家做一个神奇的小实验，哪位同学想上台来做我的小助手？”同学们又高高地举起了小手，有的直接冲到我前面：“姐姐姐姐，我还没回答过问题呢，让我当你的小助手吧！”有的直接站在椅子上向我挥手，还有的则静静地坐在位置上端正地举起右手，一双双渴望的眼睛望着我，我真是不知道该叫谁才好。于是，这个环节我就多叫了几组小同学帮助做实验。

…………

回家的路上，想起同学们渴望的眼神，我决定：下回一定要对每一位同学都说一次“请你来回答”。

在这个春天，种下了一颗小小的读书的种子，希望阅读照亮我们每一个人的人生。

（济南市育秀中学初一　陆欣桐）

家长点评

参加“国际儿童读书日”主题助读活动，对于我们来说，是积极响应高老师的公益号召；对于欣桐来说，是一次难得的接触社会、了解社会的机会。让我没想到的是，孩子对参加此次活动如此重视，认真准备，全身心投入，台上和台下欣桐成了活动的主角。从孩子这篇小文中，我不仅读到了欣桐参与的兴奋、分享的快乐，也感受到知识在旺盛滋长、友谊在生根发芽。我觉得，这应该就是公益助读活动在孩子心灵中播下的那颗种子吧。

第五辑

人生，因你而改变

城乡共育绽新花

各位领导、老师、家长：

大家下午好！

按照“天涯海角心连心”助读团队的安排，我把张庙小学一年多来在开展阅读方面的工作做个汇报，不足之处请指正。

一、快乐周末，阅读点亮人生

1. 启动“快乐周末阅读点亮人生”活动

《语文新课程标准》明确提出：“小学生的课外阅读总量不少于145万字，背诵优秀诗文160篇（段），要培养学生广泛的阅读兴趣。”这一规定对于扩大学生阅读量、拓宽视野、增加知识储备以及终身发展都是非常有益的。但在农村，学生家长受自身知识水平、农活繁忙等因素制约而疏于和孩子沟通，个别家长甚至误认为教育是学校的事情，自己只负责孩子的吃穿就行了。再加上受应试教育观念的影响，课外阅读长期以来并没有得到应有的重视，因此，学校、家庭必须共同营造一种浓厚的阅读环境。在2016年3月商河县教体局组织的一次图书捐赠活动中，我们有幸结识了高惠燕老师和她的助读团队，学校在团队帮助下开启了“快乐周末阅读点亮人生”活动。我们的班级家委会成员也走进学校，以班主任助理的身份参与班级管理，和孩子们同读书共提高。

2. 组建三级家委会，搭建交流学习平台

苏霍姆林斯基认为，没有家庭教育的学校教育以及没有学校教育的家庭教育，都不能完成培养人这样细致和复杂的任务。父母与老师都是孩子无可替代的教育者，家庭教育与学校教育之间应有紧密的配合。如何发挥家长的积极作用、形成学校和家庭教育的合力，是新时期学校面临的一个新挑战。我校在探索家校沟通方面进行了积极的探索。自2012年开始，学校组建班级、村级和校级三级家长会，按照自愿报名、学校指定相结合的原则组建好家委会。为加强沟通，学校选派教师联络员指导各村家委会的工作。

三级家委会的成立，为优化家校环境及各种制度的落实、教学活动的开展提供了可靠保障，特别是村级家委会帮助学校解决了许多头疼的问题。下午放学后孩子的管理一直是家长的心病：有的是家长辅导不了孩子的功课（部分留守儿童的爷爷、奶奶没文化），有的是孩子不听话到处乱窜不安全，还有的作业拖沓不认真，边看电视边写作业。

针对上述问题，在助读团队的帮助下，村里建立了爱心书屋，由家委会安排家长轮流值班，指导孩子们每天下午放学后在书屋里温习功课、开展课外阅读和文体活动。书屋建立之初，家长们付出了心血和劳动，留守儿童在书屋找到了家的感觉；有了妈妈、老师的陪伴，有了小伙伴的帮助，留守儿童不再孤独了。

3. 开展丰富多彩的实践活动

（1）助读者从济南来到农村和孩子们分享读书、成长的快乐。

（2）组织丰富的社会实践活动。

农村孩子春游大明湖；到济南市少儿图书馆听周强老师举办的科学记忆法讲座；参观山东书城，与台湾作家一起感受绘本的魅力；参观济南报业大厦。同时，也有城市孩子到农村体会劳动的辛苦，和蒜农一块收大蒜。

4. 开办家长学校，引领家长成长

为提高家长对教育孩子重要性的认识，共同促进儿童健康成长，学校成立了家长学校，举办了形式多样的教育活动。

（1）专题讲座：“让想象的翅膀长满羽毛”，上海市黄浦区工商联副主席张建君主讲；“学《父母规》做合格父母”，国家二级心理咨询师杨立杰主讲。

（2）讨论“如何让孩子养成良好习惯”：家庭教育专家王大龙。

（3）绘本引领：乐乐趣童书推广人安宝妈妈。

（4）亲子互动指导：“妈妈，我想对您说”。

（5）文艺汇演：《妈妈，我要读书》。

（6）一年级新生家长培训。

（7）家长经验交流：2016年11月19日，在商河弘德中学，我校一位学生家长现场分享了她与孩子一起成长的故事，时任山东省教育厅副厅长张志勇对这位家长给予了高度评价。

（8）教科研推进：我校承担的山东省教学研究课题“农村家校沟通策略的实践与研究”于2016年8月12日顺利结题。

（9）系统学习培训：目前我们的家长学校已经开始整理教材，结合各年龄段特点对家长进行针对性培训。

活动的开展增进了家长和学校的交流，丰富了家长的家庭教育知识，有利于家校共育的开展。

二、发挥网络资源优势，搭建交流平台

家访过程中，部分家长（尤其是外出务工的家长）提出与老师交流时间少的问题，学校于2015年10月建立了张庙小学QQ群，目前在线家长有316人，线上线下互动，方便及时。高老师作为管理员，经常在群内发布充满正能量的信息，深受家长欢迎。

为方便和家长交流，学校把作息时间变更、紧急通知、家长参加学校活动心得等都借助平台及时发布，极大地方便了家校联系，促进了各项工作的开展。

三、下一步活动的构想

作为一所偏僻的农村小学，在助读团队的帮助下，我们在课外阅读、家庭教育、家长培训等方面做了一些尝试，家长和孩子们发生了可喜变化，但我们深知还有许多地方需要不断改进。

1. 对活动进行系统设计、科学论证，增强针对性指导。专家引领内容：语文课堂教学、课外阅读、社区活动（爱心书屋、实践活动）。

2. 加强阅读活动骨干队伍建设。

3. 学校加强对阅读相关课题的学习研究，增强活动专业性。

4. 发挥家长学校作用，为孩子成长加油，为新农村建设助力。

5. 争取资金帮扶，为孩子们成长提供健康、舒适的场所。

相信在广大家长的积极支持下，在助读团队和各级领导、专家的关怀帮助下，农村小学的明天会更好！

商河县郑路镇张庙小学　党春光

2017年6月25日

爱心点亮心灵 阅读成就梦想

——记商河县郑路镇武集小学“爱心书屋”建设与阅读推广活动

阅读的重要性人人皆知，但在以无线信息传递为主导的今天，阅读已经慢慢没落。在家里、在路上、在车中、在工地甚至在办公地点，随时随地都能见到抱着手机的“手机控”，“潜心阅读”成了稀罕事，这种状况不能不让人担忧。由于家长忙于各种事务、外出务工等原因，农村孩子的课外时间被电视、电脑、手机占据了。为了把孩子们拉回来，商河县郑路镇武集小学自2015年春天起便开展了“读书成就梦想”阅读推广活动。活动实施过程中遇到了诸多困难，例如，孩子们课外时间不能随时借到自己喜欢读的书、缺乏课外阅读的良好环境、没有专业的阅读指导等。2016年5月，正当活动开展举步维艰的时候，一个偶然的机会我结识了“天涯海角心连心”助读团队的发起人——省实验中学的高惠燕老师。她得知情况后，立即表示要伸出援手，并商定通过开办村级“爱心书屋”的形式来帮助解决困难。随后，高老师就开始组织助读队伍，联系辅导老师，募集图书，开展家长培训……

在高老师、民盟济南市委、学校家长、村支部与众多爱心人士的共同努力下，武集小学辖区的第一个爱心书屋——小石家村书屋于今年5月份顺利建成，并很快开展了助读活动。紧接着，6月份、10月份，大石家村书屋、解家村书屋陆续建成，现在西刘桥村、东刘桥村书屋也在筹备中。学校的目标是在所辖的每一个村都建立一个爱心书屋，让每一个孩子在课外时间都“有地方读书、会读书、好读书、能读到好书”，让读书成为一种习惯，陪伴孩子一生。

在这个过程中，高老师不辞辛苦地多次带领助读团队来爱心书屋和学校进行阅读指导，开展家长阅读及家庭教育培训。很多热心家长也一直默默奉献着。像张王村的卢长贵老大哥，每次助读都是他一个人接送助读老师，助读日坚持值班，可以说没有卢长贵就没有张王书屋；小石家村的妇女主任刘玉芳，自己的孩子已经不在我们学校上学了，有一次书屋值班家长没及时来接助读老师，我只有刘主任的电话，便请她转为通知，她二话没说骑上车就来了。像这样的家长还有很多。

经过近半年的努力，武集小学开展的爱心书屋助读活动逐步完善并取得了明显成效：孩子们喜欢阅读了，家长们对孩子的教育重视了，家庭教育水平提高了。学校并不满足于“爱心书屋”建设，还开展了“共读一本书”“经典诵读”“读书征文”等活动，并准备每周专门开设两节阅读课，倾力打造书香校园，营造浓厚的阅读氛围，让孩子们从校内到校外都能在书海中自由徜徉。

以前在网上看到过一句话——“若有天堂，那必是书屋的模样”，当时我不以为然，现在却深信不疑。因为书屋不但是知识的海洋，更是爱心传播的地方。助读者们用他们无私的爱点亮了孩子们的心灵，孩子们正通过阅读走在通往梦想的路上。

（商河县郑路镇武集小学　王寿民）

平阴县玫瑰镇刁山坡小学儿童成长驿站助读活动总结

自我校服务辖区内部分村庄成立儿童成长驿站以来，得到了“天涯海角心连心”助读团队的大力支持和帮助。

助读活动增强了儿童成长驿站的凝聚力，喜闻乐见的助读方式、知识渊博的助读队伍使孩子们更加愿意到驿站参加活动了。

助读活动为村委会大院带来了勃勃生机，青春勃发的志愿者、活泼可爱的孩子们和他们的欢声笑语，打破了沉寂已久的院子。

助读活动改变了一些教师的思想观念，助读团队强烈的公益精神、不遗余力的阅读推广也激发了部分教师的热情，促使他们自觉主动地加入到志愿服务的队伍中来。

助读活动改变了一些家长的观念。有几位在外打工的母亲受到助读活动的影响，现在已回到家中专心陪伴孩子，不再让孩子沦为留守儿童，教育子女由被动变成了主动，而陪伴孩子读书不再是一种负担。

在助读活动中，变化最大的还是那些经常参加活动的孩子们。来自大城市的哥哥、姐姐们成为孩子们学习的榜样，那些和蔼可亲的叔叔、阿姨们成为孩子们亲近的人，活动中孩子们的变化也较明显：开始时怯懦羞涩，现在能积极举手，敢于表达自己的观点了。

总之，助读活动已经成为儿童成长驿站最大的助力，它已经并将继续给我们的村庄、学校、教师、家长和孩子们带来更大的改变。

（平阴县玫瑰镇刁坡小学校长　张　岳）

生活，因读书而明亮

我是张庙小学二年级学生张毅的妈妈，很荣幸今天能站在这里与大家分享亲子阅读和家庭教育的一点小感想。

其实说起孩子教育我不敢谈什么经验，一是因为孩子并不是特别突出，二是在没有接触党校长、高老师以前，我对孩子的教育几乎是茫然的，也没有方向。一年级上学期期中考试后参加了学校的一次家庭教育讲座，我逐渐明白了家庭教育的重要性，知道教育好孩子要先管理好孩子，做一个有责任心的家长。于是我开始经常参加学校组织的家庭交流活动，跟有经验的家长一起讨论学习；尤其是后来听了高老师的讲课，更是体会到亲子阅读的好处。以前自己也只是因为孩子爱听故事才偶尔给他读几个故事，并不知道怎么引导他自主阅读。原来在家经常是孩子看书、大人看电视，自从知道阅读的好处后，我首先从改变自己开始，每天不再追剧，晚上有空也拿起书陪孩子读。

去年学校征集爱心书屋管理员，为了鼓励孩子把阅读坚持下去，我主动报名，成为村里第一名书屋管理员。学校还配置了部分图书。自从书屋来到我们家后，孩子的变化真大啊：每天写完作业，不用家长说，就自觉地拿起书看。印象最深的是，他看法布尔的《昆虫记》时喜欢上了小昆虫，当时正是夏天，孩子拉着我一起去草丛里找小昆虫，找到后和书中的昆虫插图做对比。他还养过一只螳螂，有一天告诉我："妈妈，螳螂饿了眼睛会变成黑色，吃了虫子以后就会变成绿色。"我很惊讶，也很欣喜："你怎么知道的？"孩子说，是《十万个为什么》告诉的答案。那以后的日子里，在草丛、树上找虫子成了我俩经常干的事，那本《十万个为什么》也成了孩子形影不离的好朋友。

要让孩子变好，单靠自己不行，于是，每到周末我就组织其他孩子来我家阅读。一张小桌，几个孩子围坐，一起读书，一起讨论，那种场景真的是让我感到很欣慰。说实话，虽然书屋现在比较成功，但才起步时也遇到了一些小问题。有的家长不理解，觉得书屋对孩子的学习并没有什么帮助，认为是多此一举，于是星期天就让孩子去玩。还有的家长觉得我是得了学校的好处才把书屋建在自己家的，记得有人问："学校给你多少钱呀？"我笑笑说："这是公益的。济南老师不求回报，来这儿帮助咱孩子成长，咱要向人家学习，把有意义的事传递下去。"

后来由于我准备生二胎，学校怕我身体吃不消，建议把书屋移到其他家，由几位有爱心的家长轮流值班。出了月子后，我想看看书屋变成什么样了。当我走进书屋时，发现不再是当初的一张桌子、几把椅子了，而是一排排整齐的桌椅，孩子们有纪律地写作业、看书，这样的场景是我没想到的。书屋的变化离不开无私奉献的家长们，于是我重新加入管理员队伍，只要有空就去给孩子们讲故事。讲故事的时候，一双双大眼睛聚精会神地盯着我，那种渴望的神情令人感动；结合故事里的问题提问，孩子们抢着回答，而且亲切地喊我"故事妈妈"。其实，每个孩子都是渴望读书的，农村的孩子一点也不差！

在家庭教育中，整个家庭无疑是占第一位的；因为教育是一家人的事，家里每个人的言行都被孩子看在眼里、记在心里。

在我家，由于我和孩子爸爸在外打工，只能把孩子托付给孩子爷爷奶奶照顾。老人的想法是，你们不在家，孩子成了留守儿童，那么生活上就不能让孩子受委屈，不管什么要求都一律答应。有一次吃饭，奶奶做好了，孩子一看不合胃口，说啥也不吃；老人不但没有批评他，反而接着去做了新的。日常生活也是包办：碗筷由爷爷奶奶帮着拿，饭菜热了给吹，凉了给热，衣服帮着穿，孩子没有一点自理能力。我跟婆婆说："别啥事都惯着孩子。"老人不理解，说你又不在家，你管了几天孩子呀！我又委屈又着急。

为了能更好地跟婆婆沟通，赶上我身体不方便，学校再有活动我就要她参加。有一次，国家二级咨询师杨立杰老师的精彩讲座让婆婆深受启发，她意识到从前对待孩子太过于溺爱，回来后激动地说："讲得真是太好了，我真服杨老师，听的时候眼泪在眼里打转。"庆幸我有位善良、开明的婆婆。爱需要倾听和沟通，婆媳如此，教育孩子更是如此。

天下没有教不好的孩子，只有不会教的父母。所以，在教育孩子的过程中，我们家长要多走进学校，虚心向老师请教；要多弯下腰，倾听孩子的心声，站在孩子的角度看待问题、处理问题，理解孩子、尊重孩子。要让孩子变得更优秀，参加一次活动、讲一个故事是远远不够的，需要家长相互鼓励，坚持再坚持！

（商河县郑路镇张庙小学二年级学生张毅的妈妈）

一生最重要的成功

以前我总觉得教育孩子很麻烦，而且不是一天两天的事，所以偷了很多懒。孩子小时候基本没有管他，三年级以后大了点，自己能玩游戏、看电视，也不缠我了，我难得清闲，所以有空就上网聊天、看电影。去年年底发现孩子的学习不行了，成绩一直下降。经过老师们的点拨，发现是我出了问题：光管孩子不让他玩，自己还一直玩是不行的。家长都管不住自己，怎么能管住孩子呢？意识到这个以后，我和孩子共同戒网，我不再整天拿着手机聊天，他也不成天玩游戏了，就连看QQ我也事先跟孩子说一声，而孩子想玩游戏了也会跟我打招呼，或是自己规定时间。这就是家庭教育中所说的榜样的力量。

家庭教育关键是要有好的家庭氛围，尤其在我们农村，婆媳关系是很微妙的。我以前总跟孩子说，多疼爷爷奶奶啊，但是我光说不做，不舍得给老人买东西，发了工资就自己存起来，老人说我抠门。后来，我发了工资就给老人零花钱，一给就六七百，老人很高兴，孩子也说：“妈，这不你也很疼我奶奶嘛！”再后来我一发工资儿子就问：“咱给奶奶多少钱啊？”脸上洋溢着幸福感，可能是也感受到其乐融融的气氛了。我觉得，我现在的家庭氛围很美满很和谐。这两件事告诉我，要言传身教，不能只是说教，孩子是在模仿中长大的，你说让他做，不如做给他看。

以前我上班不舍得请假，就为了全勤奖，感冒打吊瓶也是拔下针就去上班，孩子的家长会更不用说——让爷爷参加，当然孩子很失望。现在不一样了，学校的活动我尽量参加，孩子也兴奋地跟同学说："妈妈请假来参加家长会了。"我想让孩子感觉到，妈妈关心他的学习，关注他的成长。我感觉孩子因为我的重视而认真对待学习了。钱以后有时间挣，教育孩子只有一次机会，所以我宁愿做一个家庭主妇，也要做一个合格的家庭教育的参与者！各位爸爸妈妈，别把钱看得太重了，多关心孩子才对！等孩子长大了，你就没有机会了。当教育孩子和别的事发生冲突时，你一定要选择前者，否则你的人生会留下遗憾。

家庭是习惯的学校，父母是习惯的老师——这句话说得真好。去年上半年我参加了张庙小学快乐周末爱心助读活动。在高老师的助读团队引领下，亲子阅读给我们带来很大的好处。每天晚上孩子都会阅读半小时，大多时候我陪他一起读，这基本已经成为习惯。那天一同事说一部韩剧《太阳的后裔》很好看，我也想看看，刚打开电视，孩子说："妈，别看电视了，与书为友，天长地久啊！还不如看书呢。"当时我就惊呆了：这不像儿子的风格啊！就问他是谁说的，他神气地说："黑板报上早写了，我一直没有感觉，现在感觉写得太好了。"我当时真是从心底里高兴啊！这就是亲子阅读习惯带来的魅力啊！我们要让阅读成为悦读，所以家长朋友们，培养孩子的好习惯很重要。孩子无论生活中还是学习上都离不开我们的参与和引导，只要我们有心、用心就可以做到。

在家庭教育中，爸爸的影响远超过妈妈，甚至有的专家说爸爸的影响是妈妈影响的50倍。比如，开始学英语的时候，李爸爸说："全世界都说中国话了，谁还说英语呀！"一句话让孩子学英语的兴趣全没了，结果孩子第一次英语考试只拿了57分回家，我急坏了。从那时起我下定决心，一定让孩子爱上英语。我就开始给他下载英语趣配音来练习口语，生活中也时不时冒出几个常用的简单英语句子，还发语音给老师指导孩子的趣配音。通过一番努力，孩子的成绩才略有提高。无论哪门学科，家长重视会对孩子产生一定的影响。前几天，孩子爸爸下了班特地从张店赶回来陪孩子去济南听周老师的讲座。结果从济南回来后他也开窍了，认识到学校教育和家庭教育是相辅相成、缺一不可的。儿子在感受中写道："爸爸从张店赶回来陪我去听讲座，那么累，一切都是为了我啊！我要好好学习，报答爸爸，一定要考上大学让爸爸高兴。"爸爸看了之后很感动。其实，这就是爸爸对孩子的影响远大于妈妈的表现。所以呼吁在座的爸爸们多多爱自己的孩子，别指望妈妈的河东狮吼了，那不如你们的一句话、一个行动呢！

记得三个月前孩子回家说："妈妈，给我下个电影《鼠来宝》看看。"我头也没抬："不行，做作业去。"孩子很不情愿。到了晚上我和英语老师交流之后才知道，《鼠来宝》是一部全英文电影。当时没听孩子说完就不让他看是我的不对，后来我向他道歉，也明白了在家庭教育中学会倾听才能更好地沟通的道理。

再就是我们要学会分享他的快乐。第一次老师让他领读英语的时候我还没下班，孩子就打电话给我："妈，我是该爱你还是该恨你呢？""怎么了？""老师让我早上领读了，晚上还得加班练习，是不是该恨你呢？"我很兴奋地说："孩子，你真棒！你的口语说得很好，不用害怕，大胆读。"其实我知道，孩子是自豪的，不是恨我，是爱我，因为那段时间我们一起艰苦学英语啊！现在，他不但英语成绩提高了，而且这次期末考试语文作文水平也有了提高。这次我问他怎么写的作文，他告诉我，是英语口语发音给了他自信。在作文中他写道："我有一个特长，是最近被发现的，这要感谢我的妈妈陪我一起读英语。"结尾说："其实每个人都有自己的特长和优点，只要你善于发现，坚持锻炼，就一定能取得好成绩，就会更加优秀，更加自信！"孩子的成长不只是某一方面，某一方面的成长会带动其他方面成长，就像英语口语的自信也带来这一次作文的收获。

还有件事跟大家分享：在这个网络时代，你完全给孩子断网是不行的。

记得高老师跟我说："闲暇出智慧，学中作乐。"最近孩子老跟我讲三国乃至春秋战国的故事，老子、庄周也知道，我很奇怪。原来是孩子在玩他爸手机上的游戏时从游戏人物背景知道的。借助游戏了解历史也算"闲暇出智慧"吧，于是我给他买了本适合小学生看的《三国演义》，指导他制订阅读计划。我觉得断网和戒网不是治本的办法，让孩子学会自律与合理安排时间才是最重要的。

总之，我们家长要享受陪伴孩子成长的乐趣，而不是把教育孩子看成艰苦的义务。其实家庭教育就是一个大人和孩子从不成熟走向成熟的过程。只有全家一起努力、家校联手，家庭才能变得更美好，孩子才能更优秀！记住一句话：把孩子教育成功是家庭最重要的成功，也是你一生最重要的成功！

（济南商河县郑路镇张庙小学李高曹村　李光瑞家长解佃玉）

成为心中有爱、懂得欣赏美的孩子

各位家长、老师们：

西方一位教育名人曾经说过：“阅读是一种终身教育的好方法。”培养孩子的阅读兴趣、引导孩子喜欢读书，是父母给予孩子的最好礼物，也是家庭教育成功的标志之一。

怎样才能让孩子喜欢上阅读呢？我觉得最主要的就是亲子陪伴。每个孩子小的时候都希望得到父母的关爱呵护，所走的每一步都需要爸爸妈妈的鼓励。有了父母的支持，他就会大胆地往前走，读书也是这样。

去年我儿子刚上一年级时几乎没有一点阅读兴趣，不光孩子，作为新手妈妈的我也是这样。不过非常庆幸，那个时候我就选择了陪伴。学校每次搞活动、开家长会我都积极参加，通过与老师的交流，我开始意识到了阅读的重要性。也是在那个时候，学校开办了阅览室，党校长为孩子们准备了好多好看的书籍。第一次看到那么多书，孩子十分兴奋，于是每天下午放学后我就陪他去阅览室读半个小时的书。那时我又怀孕快八个月了，虽然很累，为了孩子还是选择了坚持。起初袁法博认字不多，我就试着给他讲解。慢慢地我发现，一本优秀的图书是那么容易抓住孩子的好奇心。就这样，孩子认识的字越来越多，理解力、阅读力都有了很大提高。后来临近预产期就没法陪读了，我就跟儿子商量暂时不去阅览室了。本以为他会马上答应，可没想到他做了一个决定：每天放学后自己去阅览室看书。说实话我真的很欣慰，这说明我之前的努力和付出得到了回报。我和孩子爸爸商量着买了书桌和小书柜，购买孩子喜欢的书籍，让他根据自己的兴趣轻松阅读。

阅读本身不是目的，在读书中感悟和体验才是最重要的。我们希望阅读能给孩子一双翅膀，让他带着一颗自由灵动的心体验各种各样的东西，成为一个心中有爱、懂得欣赏美的孩子。

（济南市商河县郑路镇张庙小学二年级一班袁法博的妈妈）

又去济南

上次去济南后，总想着再去济南一次。天随人愿，“天涯海角心连心”的发起人高惠燕老师，又一次为我们争取到了去济南的机会——参加“启路未来”活动。

下午两点我们到了济南市图书馆新馆，随着摩肩接踵的人群进入报告厅。

活动开始，首先是“启路未来”活动启动仪式，领导讲完话后上来两位小朋友，为我们介绍了在非洲的所见所闻。他们虽然年龄小，但讲得非常好，仿佛把我们带到了非洲。

接下来是星巴叔叔分享了他在非洲与野生动物为邻、做朋友的经历，让我们知道了动物不会无缘无故地攻击人类，多半是因为人类破坏、侵占了它们的领地，伤害了它们。星巴叔叔讲了很多，我感触最深的一句话是“世界上没有买卖，就没有伤害”。我从中领悟到：那些高贵华丽的皮草服装的背后有多少鲜活的生命被杀戮，从漂亮的象牙、犀角仿佛听得到大象、犀牛的惨叫。我从小就要爱护动物，长大后要像星巴叔叔那样去保护野生动物。

接下来，戴明叔叔讲解了天文知识，包括什么是星系、星云、银河系和星座等等。

…………

美好的时光总是短暂的，活动没结束我们就要返程了。我多么希望再有这样的机会啊！

（济南市商河县郑路镇武集小学四年级一班　吕凤叶）

第一次去济南

2017年5月7日，是我印象最深、最高兴的一天。

这一天是我长这么大第一次去济南玩，主要是为了参加一个儿童教育讲座，由学校统一组织。这次机会是济南的高惠燕老师给我们争取到的。

早上五点半我们就坐着大巴车出发了，我可兴奋了，一直向车窗外看，看蓝蓝的天、绿绿的树。刚走一会儿妈妈就对我说："快看！"原来是徒骇河到了，河面宽阔，河水清澈。河离我们村有几里远，能防洪抗旱，作用很大。

走着走着我不知不觉睡着了，忽然一阵惊呼把我吵醒了，听到同学们喊："这就是黄河！快看啊！"我一下子来精神了。啊，我们的母亲河是那么壮观！可惜没来得及认真看，大巴车就开过去了，还好妈妈拍了照片。

我们八点到了山东博物馆，玩了一会，在气势宏伟的门口拍了合影。九点开门，大家一进到馆内就被博物馆的雄伟壮丽吸引住了，挺拔的石柱、高大的穹顶，金碧辉煌，摄人心魄。

馆内第一层是古代文化展，第二层是山东抗日战争历史展，第三层的非洲野生动物大迁徙展给我的印象最深刻。大草原上奔跑的雄狮、漫步的大象，水中游动的尼罗鳄……我细细地观察着，仿佛已置身其中了。

下午两点，到了济南图书馆，一下车就看到站在门口的高老师。我们齐声喊道：“老师好！”高老师亲切地打着招呼，把我们领进馆内，里面已经座无虚席了。

我第一次看到这么大的屏幕，第一次看到电视台的主持人。在大家的共同见证下，“启路未来”讲座开始了。首先由“守望自然”野保基金会的小志愿者分享了他们的非洲之旅，最后他们说的“没有买卖就没有杀害！野保行动，从我做起！”太好了。

我们认识了星巴叔叔，非洲野保中国第一人，他分享了自己和动物相处的故事；中科院的张劲硕叔叔，带大家认识了“啼兔”“象鼩”等动物，并倡议小朋友们读万卷书、行万里路；中科院的天文学家戴明叔叔，带来了天文知识……

通过这次活动，我学到了好多知识，开阔了眼界。多么希望还有这样的机会啊！

（济南市商河县郑路镇武集小学三年级二班　王凤宇）

难忘的济南之旅

3月27日，一个特别的日子。虽然是星期天，但我和弟弟比平时起得还要早，因为今天我俩还有几个同学要一起实现我们济南之旅的愿望了，更难得的是有校长和爸爸妈妈的陪伴。天气特别好，太阳暖洋洋的，我的心情和太阳一样好。

我们先去了泉城公园，就是过去的植物园。进入园内，我们仿佛扎进了植物的海洋，里面花草树木品种繁多，红花绿树美不胜收。有一棵树最吸引我，叫金银木，看了标识牌才知道它名字的由来，它的初花是白色的，然后慢慢变成黄色，而且散发出芳香。原来树也会变“魔术”，大自然多神奇呀！

王校长惊喜地说：“同学们快看，那棵花树太漂亮了！”原来是一棵开满白色花朵的树，远远望去像层层叠叠的白云镶嵌在蓝天上，又像冬天的雪花给大树披上了漂亮的银装——真美啊！我们抢着和校长在花树下合影，记下这最美的时刻。我想，我们就是一棵棵小树，老师期望我们也能像这棵大树一样开出绚丽的花朵。我暗下决心：今后一定要像大树、鲜花一样，奉献自己，做有用的人。

吃过午饭，又到了济南市博物馆，从古至今各种珍藏令我们大开眼界，叹为观止。其中我最喜欢的是那些形态各异、惟妙惟肖的“面人”，它们还是非物质文化遗产呢。面人中有《西游记》《水浒传》里的人物形象，虽然发型、服饰、表情各不相同，但都活灵活现。艺人师傅真是心灵手巧，我真想自己捏一个。

最后我们去了山东书城，与台湾作家来了个近距离接触，了解了作家的创作过程。我感到只要我们好好学习，将来成为作家也并非遥不可及。台湾作家给我们介绍了《飞天小魔女》，通过这本书我懂得了遇事要冷静的道理，不能像菲菲一样乱发脾气，而要学习菲菲爱帮助别人的长处。

通过这次旅行我懂得了很多道理，学到了许多知识。感谢高老师给我们争取了这次机会，感谢校长和爸妈的陪伴。

今天对我来说是特别难忘的一天，我似乎一下子长大了许多。

（济南市商河县郑路镇武集小学四年级　陈怡茗）

路

3月4日，周六，听说有济南的很多老师来商河县郑路镇张庙小学参加书屋助读活动，恰好学校又给了我们一个机会，所以我们四人早早起床收拾停当，等待着他们的到来。

大约上午九点钟，我们在校门口迎接，首先来到的是安宝妈妈，然后又来了一行人。分组后，与我同去北苏村书屋的山东师范大学的孙老师，是跟我一级的大二学生，这让我放松了不少。

到了书屋，孩子们看到我们比较兴奋，也有点胆怯。孙老师做完自我介绍后，先让孩子们谈一下自己喜欢的图书和读后感，出乎意料，竟然没有同学主动站起来发言。我上周末到过这里，但当时的气氛比现在好许多，可能是因为孩子们能常在学校里遇见我的缘故。这时候我看到有名同学的手似举非举的，赶紧予以鼓励："苏元翔，你来吧，说说你的想法。"

苏元翔介绍的是中外名人，提到了著名诗人文天祥的诗句"人生自古谁无死，留取丹心照汗青"。渐渐地，其他小朋友也开始踊跃举手发言了，气氛逐渐活跃起来，孙老师便开始引入助读主题"百善孝为先"。在小同学谈自己对"孝"的理解和认识时，有的说在家帮妈妈收拾卫生，有的说帮妈妈照看妹妹，有的说给妈妈捶背，有的说要尊敬父母……其实孩子们都开始懂事了，也慢慢能体会到父母的不容易和自己该做的事了。

接下来，孙老师介绍了“圣人”孔子，并推荐了同名动画片，又讲了两则孝心故事，同学们听得津津有味。后来我与同学们交流时，他们都说对故事印象深刻，并知道了孝心的重要性。

这次济南老师的助读，我觉得是很成功的，既提高了孩子们读书的积极性，也让他们体会到了学习的重要性。在参加了几次助读活动后，我也切实感受到了其中的乐趣，看到了学校与家长的共同努力、孩子们的成长与进步。希望能尽自己的微薄之力，为孩子们提供一些帮助，让他们的学习成长之路绽放光彩。

（济南幼儿师范高等专科学校实习生　张　洁）

第六辑

与你同行

母女同台助读　书屋熠熠生辉

在近几次助读活动中，有一对母女的身影格外引人瞩目。女儿冉昕平是山东省实验中学国际部高一的学生，妈妈王海兰是济南市大明湖小学的语文教师、优秀班主任。妈妈二十多年来一直工作在教学一线，虽然成绩卓尔不凡，却非常低调。

助读活动中，妈妈负责组织报名、分组、出车安排、课程指导等事宜，从无怨言。昕平做志愿者的经历虽然不长，却受到当地孩子们的热烈欢迎。

让我们走近她们，感受一下母女的情怀与魅力吧。

一

昨天，我参加了高老师组织的去商河张庙小学的爱心助读活动。因为我是小学语文老师和班主任，所以高老师让我承担了主讲的任务。跟我一起参与活动的是冉昕平、黄滢冰和有十年书法功底的王嫣然同学，以及两位家长。

第一阶段，我先从班主任的角度给家长介绍了家校形成合力的关键点，并结合我在实验中学“合格父母课堂”的学习心得，简单分享了“不会爱，爱变害”的爱的“八把刀”，接着结合多年观察实践，指出了优秀学生家长的共性是“用心＋坚持”，最后强调了重视阅读、关注孩子精神成长的重要性。

第二阶段是学生参与环节。因为面对的是低年级学生，他们识字量有限，三名大同学就与孩子们合作讲解了有关年的故事及习俗；冉昕平、黄滢冰介绍了自己的读书经历，推荐了适合低年级阅读的书目；王嫣然分享了学习书法的感悟，并现场书写了三幅对联。

期间，我们穿插了家长提问和小学生互动环节。为鼓励小朋友参与，我们准备了书籍、学习用品、小饰品等奖品。没想到的是小同学们的积极性非常高，不论是读背古诗、儿歌，还是介绍自己喜欢的图书，他们表现出的自信、大方和识字水平都超出了我的预期。活动过程中，家长不时伸出大拇指或报以热烈掌声，可以看出家长也是有一定育儿经验的。由此感受到了爱心助读活动坚持近一年的成果，也明白了那么多素不相识的人走到一起来的原因。

我为自己能参与这样的活动而感到高兴，相信自己的孩子也会收获满满。感谢高老师、党校长，以及跟我们一起活动的老师、家长和同学们。

送春联　迎佳节

二

放假前，我报名参加了高惠燕老师组织的商河张庙小学爱心助读活动。这次活动分为两部分：20号上午去经十东路的保税区仓库整理书籍；21号去张庙小学送书助读。听说高老师坚持做这件事快一年时间了，已经有近200人参与助读活动，此次整理的书籍全部是外研社捐助的。能加入到这样的团队，我很激动。

21号的早上，天边还泛着鱼肚白，我们就出发了。

途中格外顺利，八点半左右我们就到了张庙小学。简单的校门，几排平房教室和一座正在施工的教学楼，校园里安静极了。学校党校长介绍，家长和学生已经在教室里等待多时了，并歉意地解释："因为临近春节，很多家长忙年实在走不开，所以今天参加的人比以往少一些。"

我们按照计划分组来到各自的教室，我和爸爸妈妈、两位同学及一位负责摄影的家长一组。因为妈妈是语文老师、班主任，所以先由她分享家庭教育和课外阅读知识，我则站在一旁观察起家长和孩子来。

做折纸

教室里，一个孩子由一位家长陪着，从前到后坐得满满的。因为放假，学校的锅炉停了，教室里外几乎一个温度，大家虽然都穿着厚厚的棉衣，可有的孩子仍冻得小脸红扑扑的。参加活动的大都是妈妈和孩子，我想这可能跟爸爸们外出打工、孩子平时都由妈妈管有关吧。教室中间还看到一位戴紫色毛线帽子的老人，应该是旁边小女孩的姥姥或者是奶奶吧。最前面有一位大姐姐模样的，旁边应该是她的小妹妹吧。

为了增强交流的效果，我们设计了一些互动环节。每次互动，妈妈们都用期待的目光看着自己的孩子，有的低下头小声跟孩子说着什么，有的为孩子竖起了大拇指。在家长们的鼓励下，孩子们参与的积极性非常高。不论回答问题还是介绍自己正在阅读的书籍，抑或走上讲台展示自己，都是那么自信大方，我想这就是坚持阅读和家长陪伴的力量吧。

在孩子们的积极参与下，我们的活动进行得很顺利：合作讲有关年的故事，分享有关年的习俗，交流自己的读书经历和学习心得。想到助读活动近一年的坚持，想到班级同学和家长的踊跃报名，我相信乡村孩子的明天会更加美好。

三

王老师认为助读是一项双赢的好活动。从助读一方来说，孩子原本接触到的世界比较有限，平时也就是家庭和学校，主要任务是埋头读书，而助读活动相当于为他们了解社会打开了一扇窗，增加了一个新的视角。从受助一方来说，从他们的热情接待可以深深地体会到，农村孩子、家长对开展助读活动的热切期盼。正是基于此，王老师带着女儿不辞辛劳地一次次奔赴商河。每次助读，她都认真备课；元宵节前买了剪刀、细绳、一次性水杯等，先是自己学会了制作元宵灯，然后教给女儿及其同学，再传授给乡村的孩子们。

在王老师的影响下，她的许多朋友、同事先后加入助读行列。王老师

快乐的课堂

说，她和女儿都从中体会到了快乐，并将继续关注、参加活动。

四

昕平的作文入选“中外作家网”，她将所得稿费悉数捐给了助读团队。她说稿费里包含着大家的爱心，希望可以购置优秀图书送给爱心书屋。

当我们请王老师说几句话时，她发自肺腑地说：“人生中有很多的遇见，因为女儿遇见了实验的高惠燕老师，让我看到了很多普通人无私奉献的大爱，并为之深深地感动。参与助读活动，让我看到了一双双天真的、渴求知识的眼睛。身为一名教师，我希望能尽自己的微薄之力让更多的乡村孩子爱上阅读，在阅读中丰富自己的心灵，开启不一样的人生，这是一件多么开心的事情！为爱助力，让爱传递，一起加油！”

五

正如王老师所说，人生是一次次美丽的偶遇与相逢。如果你来到我们团队，你会发现这里处处充满着感动。也许这就是生活的真谛——感动别人，

并被别人感动。

后记

正月初九，我们又一次来到商河，这次是去西刘桥的书屋助读，跟我一起去的是实验东校35班的吴小山同学。我们在简陋的书屋里跟孩子们聊春节的乐趣，谈有关元宵节的习俗，读有关元宵节的儿歌；还教小朋友废物利用，用纸杯做元宵灯，用彩纸叠兔子灯。那天很冷，大雾弥漫，但看到孩子们快乐的笑脸，我们觉得既快乐又充实。

两次助读后，我把自己的经历与心得写下来，通过高老师的推荐，被“中外作家网”选用，赢得了网友们的赞赏，还得到了668.28元的稿费。想到西刘桥简陋的书屋，想到书屋里空空的书架，我决定把所有稿费捐出去，作为“天涯海角心连心”助读基金的一部分。希望自己的一份付出能让更多的乡村孩子读上好书，让知识改变他们的命运。我要为爱助力，让爱无限传递。

（冉昕平）

高惠燕老师点评

冉昕平是山东省实验中学国际部高一的一名优秀同学，寒假期间一连几次参加了“天涯海角心连心”助读活动。她和妈妈一起同台讲课，其自信的模样、善意的笑容、温柔而坚定的目光、无私的付出，无不给小朋友留下了深刻印象。她喜欢公益，希望通过引领农村孩子读书来点亮他们的人生。感谢昕平和拥有爱心的每一个人！

由助读支教想到的

因为认同助读支教这种模式，2016年底我开始跟着高老师的助读团队去商河助读。在助读的过程中，我对农村儿童的生存状态、家庭教育和学校状况有了初步的感性认识。令我惊喜的是，在当地很多小学都能遇到我们学校的学生，后来了解到他们是被学校派去支教的。进一步跟当地小学校长们沟通时发现了一个问题：支教学生一般在当地小学实习2—4个月，各种原因导致顶岗实习难度比较大，如果支教学生们能够参与助读将是两全其美的。作为幼儿师范高专的一名教师，我对这个问题进行了一番思考。

教育的最终目的是为社会服务。根据农村儿童真实的生存状态和教育需求情况，有的放矢地为他们提供着眼于其成长和幸福的启蒙教育，这应该是教育的真谛。我们可以尝试突破学科和学校固有的框框，真正以学生为本，重新审视、改进现有的课程设置与人才培养模式。以助读式支教为切入点，我们带领师范生一起去看一看农村儿童真实的生存状态和教育状况，发现问题，明白自己身上的责任，激发出我们自己和学生们的使命感，并创造性地解决问题。这个过程其实就是在培养学生的思考能力、创新意识和创业能力。就像斯坦福大学设立的实验室，他们让在校生去分布在25个国家、地区的实验室与科研人员一起工作，直接面对世界上难以解决的问题。很多学生结束实习回到学校继续上学时，就已经找到并坚定了自己的专业发展方向甚至是人生目标。我们的助读式实习支教也可以起到这样的作用。

因为这些思考，我找到志同道合的同事和支教伙伴一起准备做一个名为“助读式实习支教与师范生创新意识及创业能力培养”的省级教改项目课题。愿我们所有人——农村的孩子们、那些生存重压下望子成龙的家长们、我们学校的学生们、我的同事和志愿者伙伴们，还有所有在心里、在行动上支持助读支教的人们——都因此有所收获，有所成长！

感谢高老师！

（济南幼儿师范高等专科学校　李　蔚）

第二次助读感想

这次助读，还是和实验中学国际班的师生及学生家长一起实施的。

从济南到商河得走两个多小时，所以，在车上与志愿者的交流自然成了助读不可分割的一部分。翻看了《花婆婆》和《田鼠阿佛》，爱发呆的阿佛瞬间拉近了彼此的距离，与迟老师和国际班的付老师热烈交流了读书感受，蓦地发觉自己“原形毕露”，苦心经营多年的成熟形象瞬间坍塌——完了！

这次我和昕平妈妈的任务不同以往，要去孙家小学为家长们讲一讲孩子学习和亲子阅读的重要性。年轻精干的王校长开车来接我们，路上简要介绍了小学情况：目前在校生288人，留守儿童比重不大，因为村里自建小工厂多，家长多在厂里打工。村民比较富裕，舍得给孩子花钱，但没有时间和意识管孩子。突出表现是，孩子可能穿着几百块钱的衣服，却没养成洗脸洗手的习惯——唉，听着就发愁！

车刚进校门，十来个少年闰土般的低年级学生就急切地围上来说着什么，听不太懂，后来明白是告诉校长“太无聊了”。王校长笑着说：“开家长会，一会儿就完。”融洽的氛围让我感到一所乡村小学其实就像大家族一样，校长老师其实也是乡亲，家长起早贪黑谋生劳作，校长老师就带着孩子们晨读，还要检查他们有没有梳头洗脸，一定程度上代替了孩子的父母。老师们虽然汲汲于孩子的未来前途，但家长们却经常不理解甚至麻木不仁。好吧，我们今天要竭尽所能，力争唤醒家长，助力学校托起孩子。

刚下车就吓了一跳：不大的院子里黑压压坐满了家长！不是288名学生吗？这才知道学校要求学生父母都参加，并为此提前两天跟村工厂打了招呼，所有工厂都停工了。天呐，压力也太大了！

可怜天下父母心，也可怜乡村小学老师心啊！

所以我们不能含糊，要拿出最好的东西跟家长们分享。听平妈妈为这场讲座熬夜准备了好几天，介绍的是孩子良好学习习惯的养成、家长的养育方式等内容；我分享了阅读的重要性和亲子阅读方法。事后校长反馈，抛开客气，感觉大家还是充分肯定的，因为家长几乎没有中途退场的。

这次助读让我看到了乡村小学在当地不可替代的社区教化功能，也了解了农村家长望子成龙的渴望和育子观念的局限性。面对这些，一两次讲座只是杯水车薪，但家长们的现场反应让我们看到了希望。为了孩子们，所有的努力都是值得的。

（济南幼儿师范高等专科学校　李　蔚）

一碗姜汤的故事

高惠燕老师在参加省里组织的农村义务教育薄弱学科教师技能培训的过程中，意识到农村学校教育质量的提升、农村学生学习兴趣的激发需要多管齐下，于是想组织一项公益活动，为农村学校的学生捐赠图书。高老师希望通过公益活动引导孩子们多读书，培育孩子们的读书习惯，改变学校、教师、家长以及社会对教育的认识。在筹备这一公益活动的过程中，她多次和我交流，畅谈自己的构想，希望我能在这方面尽一份心。我被她那满腔的热忱所感动，答应尽力而为。

经过一段时间的策划以及前期的准备，高惠燕老师确定了“天涯海角心连心”助读团队的章程，明确了筹集资金和图书、为农村学校的孩子们开展助读活动的具体办法，并确定以商河县为起点启动助读活动，时间就定在2016年的3月13日。这天正好是星期天，高老师给我提了要求，希望我能来到助读活动的现场，共同见证这一令人难忘的时刻。

当时我正好在国家教育行政学院学习，11日回上海参加我区教师梯队建设工作会议，于是决定在返回北京的途中在济南停一下，参加高惠燕老师精心组织的助读活动启动仪式。我是12日的晚上8点左右赶到商河县的，因连日劳累，在路途中身体不适的症状显现了出来，浑身发冷，头晕目眩，我都有点怀疑自己是否能坚持下来。在路上我和高老师联系了一下，告诉她不用张罗晚饭，如果方便的话，给我准备一碗姜汤，希望可以驱驱寒，第二天不至于太难过。到了商河，匆匆地和高老师以及商河教体局张局长打了声招呼就准备休息了。刚到房间不久，张局长安排人送来了一盆姜汤！好大的陶瓷盆，里面盛了大半盆的姜汤，能装好几大碗呢。我趁热喝了几杯，将自己捂在被子里，到了后半夜就已经感到舒服了许多。早晨起来又将这些姜汤热了热，再喝了一些，身体立刻觉得又轻松了不少。

高老师和商河教体局进行了充分的沟通，这项公益活动也得到了县教体局的大力支持。那天上午，启动仪式在弘德中学的报告厅举行，1000余人的报告厅座无虚席，教体局党委班子成员、机关中层干部，县教研室全体人员，全县各学校中层以上管理人员、全体兼职教研员、“三名工程”参训人员、部分教师代表济济一堂，参加这一与众不同的活动。高老师和张局长分别介绍了活动的背景和意义，之后我为大家做了《教学，因阅读而美妙》的专题讲座。我原本还担心身体会出现症状、影响讲座的效果，没想到讲着讲着就忘记了身体的不适，两个多小时很快就过去了。

上午的启动仪式主要是营造氛围，捐书仪式下午在龙桑寺镇中心学校举行，因为我还要赶回北京学习，没能跟着大家走进受赠学校和老师、孩子们见见面、沟通一下，还是留下了不少遗憾。

以此为起点，高惠燕老师率领的“天涯海角心连心”助读团队的公益活动正式启动了。该如何将这件事情做实、做好呢？团队的成员们想了很多办法，比如引导学校的校长和老师关注阅读，以教师的阅读引领学生的阅读；在大队部或者热心读书的孩子家中建立爱心书屋，发动家长成为读书活动的有力支持者；发动社会各界和党派团体、爱心企业进行更多的捐赠，让农村的爱心书屋更多，书籍的种类更加丰富；组织济南市的学生、家长、教师利用周末时间到商河开展助读，和当地的学生一起阅读，畅谈读书的收获和体会，通过阅读构建起相互交流和理解的桥梁；吸引相关媒体参与助读活动，对活动情况进行报道，邀请农村的孩子们走进济南市区、拓展视野……

一年的时间里，“天涯海角心连心”助读团队不断发展、壮大，积累了丰富的经验，培育了一支爱心团队，扩大了自身的影响力，更拓展了一种改变薄弱学校教育教学面貌的可能途径。相信再假以时日，他们的经验会被更多的人认可，团队自己也会从中收获很多。这样的一种教育创新之举，不就是给薄弱教育的一盆姜汤吗？

在“天涯海角心连心”助读团队服务社会一周年的时刻，写下这点文字，以表达对高惠燕老师，对参与这一公益活动的所有成员的敬意。祝愿在新的一年里，助读活动更加蓬勃地开展起来，有更多新鲜的教育创新经验被摸索出来、揭示出来，被更多的人们所运用。

（上海市虹口区教育局局长　常生龙）

初相遇

两年前就听说有个“天涯海角心连心助读”活动，一年前初见心系农村儿童的高老师，微信群中感受到各方人士对“爱心书屋”的支持，也就此知道了有一群可爱的公益人士。他们放弃周末及节假日休息时间，热心于农村助读，致力于农村儿童阅读水平的提升和家长教育意识的增强。

一个偶然的机会，我参与了爱心助读活动。

这一次本来是想为济外保送生提供社会实践的机会，但是好奇心的驱使让我和七里山小学的张清霞老师也加入进来，走到孩子们中间，一起读书、创编、分享。这种感觉真好，孩子们的创意每每让我们惊喜连连。

因为是第一次参加，所以我们提前好多天就开始准备了：了解助读的流程和注意事项，阅读本次助读推介的图书，设计互动环节等。为了做好这次活动，五名济外保送生还组建了微信群，分享教学游戏和自己的助读指导方案。看着他们认真而略显紧张的样子，我和张老师更多的是欣喜，因为对他们而言这也是提高。

经过两个多小时的车程，高老师、张老师和我在第一站——商河明德小学下车，其他助读人员要继续前行，前往不同的村子。明德小学的基础设施不错，而且学校已经为此次活动做好了准备，这是我没有想到的。在后来的交流中得知，学校非常重视图书阅读，不仅在校内组织了相应活动，而且家长们也积极加入到书屋值班行列。

参加本次活动的学生来自周围的三个村子，大约有50多人。他们特别有礼貌，遇到我们都会送上敬礼和问好，我想这应该是学校和助读活动的双重作用。为高老师的坚持点赞！

我先和孩子们进行了英语的小互动，孩子们热情的问候和大方的交流让我始料不及，他们明亮的眸子充满着对新知的渴望——竟然没有一个戴眼镜的，真好！（跑题了，因为自己的娃二年级就架起了小眼镜。）接下来张老师进行了《尼尔斯骑鹅旅行记》的阅读推介。她真有办法：讲故事让学生猜（尼尔斯旅行途中遇到了哪些事情？孩子们最想了解什么？），让孩子们分组进行朗读分享，介绍自己的“阅读银行卡”并发给学生——真是一位热心阅读又有办法的好老师，专业而贴心。孩子们聚在一起，或趴在桌子上或席地而读……助读形式超棒，孩子们超喜欢，现场的阅读气氛超浓。

随后我分享了一首小诗《我是草莓》，很短，是美国作家库斯金“认识自己”系列诗作中的一首。孩子们很快掌握了，并进行了再创作：我是西瓜、我是桃子、我是橘子、我是苹果、我是……循着作者的思路进行替换，他们的创意超出了我的想象。

…………

一上午的活动到近12点钟才结束，我们却不愿离去，因为这里的孩子真可爱！这里的老师真好！阅读真的很好！

回来的路上，我和济外的同学交流，她们说非常喜欢这样的活动，只是遗憾这次准备不够充分，下次会将自己儿时的书整理好捐给书屋，希望可以经常参加助读，还要介绍更多的好朋友加入这个行列。

一次活动结束了，受益的不仅仅是孩子们、参与者，还有很多很多。真心希望更多的书屋建立起来，希望更多的人加入这支队伍！这一次见高老师，她比一年前瘦了，但是热情和干劲依然满满。

再一次感谢来自七里山小学的张清霞老师，来自济南外国语学校高三年级的段春晖、李珺瑜、徐子昂、杨一诺、徐雪妍同学，非常高兴与你们同行。

（济南市天桥区英语教研员　冀　民）

麦香时节话助读

——5月29日平阴助读有感

在粽叶飘香、麦浪滚滚的五月末，又一次来到平阴县玫瑰镇参加助读活动。听高老师介绍，平阴的助读活动虽然处于起步阶段，但当地家长参与书屋建设的热情是很高的。

29日的早上，孩子们如约而至。参加这次助读活动的有省实验中学高一的同学们，有章丘双语国际的解睿同学和工艺美院附中的刘淑仪同学。另外还有齐鲁工业大学“百度百科俱乐部”的大学生们，他们带去了VR眼镜，以便让农村孩子体验最新的科技产品。

6：45，中巴从实验中学门口准时出发。上了高速后，只见车窗外大片的麦田已是一片金黄，红色的收割机在田间忙碌，映衬着远处的绿树、蓝天、白云，煞是好看。下了高速，在刁山坡小学张校长的带领下，我们先到了站西村书屋，再分组由学校老师开车把大家送到各个书屋。

这次我跟女儿冉听平和她的同学孙浩洋去的是王小庄村的爱心书屋。书屋设在村委会的大院里，院子里红的、粉的月季花开得正盛，花香浓郁。走进书屋，孩子们围坐在一起或看书或写作业，红扑扑的小脸冒着汗珠，看起来已经等了很久了。

助读开始，两位小老师分别做了中英文自我介绍，然后孩子们也轮流自我介绍。气氛渐渐活跃后，活动按计划进行——讲述有关端午的故事及习俗，诵读绘本《端午节》，分享自己的读书经历，选读《飞天小魔女》的精彩片段，谈自己生活中的幸福时刻。从孩子们的回答中，可以看出他们的阅读是有一定基础的。他们表达流畅自如，思维活跃，充满自信，精彩处让小老师都为之叫好。活动最后，他俩还解答了孩子们平时学习中的疑惑，介绍了自己的学习经验。看到书屋桌子上有很多魔方，孙浩洋即兴进行了魔方表演，很快转出了六面魔方，令书屋的男孩子们赞不绝口。“路漫漫其修远兮，吾将上下而求索”，孩子们用稚嫩的声音高声吟诵着，相信阅读的种子已经在他们的心中悄然埋下。

活动中有个细节让我非常感动。助读间隙，在各村巡回的张校长、孙校长一进书屋感觉通风不好、闷热难耐，立马出去到了不远处的支书办公室。没过多久，孙校长走进来悄悄地对我说：“刚才跟支书协商了一下，看能不能尽快给孩子们换个通风的屋子，或者装个空调，不能让孩子们热着啊。”听了这话，不禁为孩子们感到高兴，也为这样处处为孩子们着想的支书和校长点赞。

11点半活动结束，返程的车上，小老师们聊着助读中的趣事，有种意犹未尽的感觉。助读带给孩子们的快乐飘出车窗，在金色的麦田间飞舞……

（济南市大明湖小学　王海兰）

爱心团队

爱心托起读书梦

“天涯海角心连心”助读活动是由山东省实验中学高惠燕老师发起的，几年来坚持为乡村的孩子创建书屋，传递正能量。

2016级2班的同学和家长们，在班主任倪老师的倡议下，积极参与助读活动。本学期助读，已到商河一次，到天桥区大桥街道办事处香王店村三次。

助读活动中，同学们认真准备，耐心讲解；为了增加趣味性，设计、穿插了多种互动环节，让当地的小朋友能更好地融入其中；相互协作，取长补短，使每次活动都充满了不一样的精彩。助读活动也充分展现了实验学子积极向上、乐于助人的精神风貌。

四次活动的参加人员分别是：

商河助读：杨刘佳　韩宇时　倪老师　杨刘佳妈妈

香王店助读：周一飞　周一飞爸妈

香王店助读：曾玥　王子冉　高老师　曾玥爸妈

香王店助读：屈江玥　张孟申　屈江玥爸妈　张孟申爸妈

助读的目的和意义何在？倪老师在活动之初倡议时就已提到：助读一是做好事，帮助贫困的孩子开阔眼界；二是通过精心准备讲课内容，能锻炼和提高孩子们的能力；三是通过接触条件稍差些的环境，可以让孩子们能够更加懂得感恩和珍惜。

希望更多的同学和家长参与助读活动，让我们用爱心托起每个孩子的读书梦！

作为参与助读活动的家长，也感受良多，收获满满，下面是几位参与活动家长的感悟。

书籍为虹，沟通彼此天空

2017年的4月30日，我们跟随高老师，陪同二班的曾玥、王子冉同学，走进天桥区大桥街道办事处香王店村进行助读活动。这是第一次参加“天涯海角心连心”助读团队的活动，路上孩子们与高老师交流着如何引导小朋友、应该进行怎样的互动才能激发小朋友们的兴趣、是否推荐些书目等问题。一个小时后，我们到达了位于村委会的书屋。

书屋不大，但明亮温馨，孩子们安静地坐在书屋里等待我们。高老师介绍说这里的“四点半书屋”建立时间不长，刚开始时很简陋，但在香王店小学闫校长和老师们的努力下，目前已经初具规模了。

孩子们用稚嫩的童声欢迎我们，之后闫校长带领孩子们开始阅读。首先推荐了两首美好的诗歌《如果》《河马的梦想》，孩子们静静地聆听朗诵，

圆桌助读

四点半书屋

并展开想象的翅膀进行诗歌续写。

这次我们带去了《尼尔斯骑鹅旅行记》，曾玥、王子冉耐心地引导大家阅读，作为摄影师的我负责随时记录精彩的瞬间。两位小老师尽职尽责，不断调整自己的语言和交流方式，争取既能让小朋友领悟到书的主旨，又能激发他们深入阅读的兴趣。书屋里一到五年级的孩子都有，两位小老师分享了自己的读书经历，推荐了每个阶段自己喜欢的书目。最后曾玥告诉大家：开卷有益，读书可以开阔视野，提高理解力，请大家多读书，多读好书。

在回程的路上，曾玥、王子冉与高老师热烈地讨论着助读的感受，还给书屋建设提了好多小建议——希望书屋的书籍能够真正流动起来，可以建立借阅制度，帮助同学们养成阅读的习惯；增加自然科学和历史类的读物；希望增加几本最新版字典，便于同学们查阅；希望书屋的家长能够更好地行动起来，走入书屋参与阅读。

我们的助读活动传播知识和正能量，正如培根所说的："读书给人以乐趣，给人以光彩，给人以才干。"

（曾玥妈妈）

一起助读，一起快乐

5月14日母亲节这天，屈江玥、张孟申同学在父母的陪同下来到了香王店书屋。

两人按照方案开始了助读，期间不时让小朋友读一段阅读材料、起来回答问题，以调动他们的积极性，孩子们也认真积极地投入其中。因为是母亲节，香王店小学的彭主任准备了康乃馨，她俩随即决定让每位孩子领一朵康乃馨，描述一下花的样子，说一句感恩妈妈的话，并献给陪同前来的妈妈，进而启发孩子们用歌声表达对母亲的感恩。孩子们唱起了《鲁冰花》，书屋的氛围在歌声中更加热烈温馨。

两位同学的助读告一段落，彭主任想请我们谈谈带孩子阅读的经验。因为村里的家长对书屋有误解，以为是帮他们照顾孩子的；还有的虽然知道设立书屋的意义，但不清楚该怎么带孩子阅读。

先由我上阵。鉴于孩子的天性活泼好动，因此我先带着大家做了一套健脑操，并让每人到讲台前领做一节；然后转入一场心理剧：把孩子们分成两组，一组扮演家长，一组本色表演，表演内容是孩子在家读书时家长在做什么。可能是因为有家长在旁边，也可能是因为第一次接触这种形式，大家都有些拘谨，不太放得开；于是我决定先进行“你来说我来做”的活动：一组出题目，另一组用行动完成。孩子们积极性都很高，气氛很快活跃了起来。在大家的鼓励下，有几个孩子主动表达了以后读书时对妈妈的希望。

心理剧

我来！我来！

最后，孟申妈妈和彭主任结合自身经历，向家长们介绍了如何陪伴孩子读书、在孩子不同的年龄阶段如何选择书目等经验，鼓励家长要持之以恒，细心耐心，陪伴孩子在阅读中一起成长。

（屈江玥爸爸）

点　赞

端午假期第一天，有幸陪孩子到商河参加“天涯海角心连心”助读活动，感触很多。

首先要为助读活动发起人——省实验中学的高惠燕老师点赞。我去的小石家书屋，参加活动的农村孩子基本是留守儿童。对他们而言，聚在一起读书显然是奢侈的想法，助读活动则把他们集合在了一起，不仅共同学习、玩耍，而且可以和城里的孩子一起分享阅读的快乐。

这使我想起了一则报道：世界上任何先进的民族、先进的国家和地区，都是读书成风的。你去以色列，去德国，去俄罗斯，会看到那里的人们空闲时不是研究菜谱，不是聊天、打麻将，而是在读书。在俄罗斯一个很偏远的小乡村，一位并不富裕的农民，农闲时却每天读书写作，并且出了本诗集——不是为了出名，而是内心的需要。

我想，从参与活动的农村儿童的眼神里，我们读到的正是这种内心的需要。

其次，助读活动让我看到了城市孩子的成长，因此我要为舜耕小学的组织者窦成华老师点赞。读万卷书、行万里路，二者是一个整体。这次活动让我看到了一位执着于阅读能力培养的小学语文教师的努力和成果。去商河的路上，孩子们一直谈笑嬉闹，我担心他们完成不好助读任务。结果出乎意料，在小石家书屋，我看到三个五年级的孩子认真地组织阅读，认真地启发思考，从开场白到结束总结都有板有眼，好像事先经过了多次演练一样，其实他们也是第一次合作。回城后，孩子们还写了助读感受，很多孩子谈到了阅读对于人的重要意义。作为家长，我是非常欣慰的，因为不仅看到了孩子们实实在在的成长，而且庆幸孩子们在读书的年龄没有错过与阅读的缘分。这一切，更应该归功于窦老师的执着与坚守。正是在窦老师的引领下，五年级四班的孩子们在阅读中描绘着诗歌般美丽的人生。

书，温暖得像种奇迹，真诚得仿佛可以永恒。真诚祝愿“天涯海角心连心”助读活动越办越好，能够帮助参与活动的孩子们茁壮成长。

（济南市舜耕小学五年级四班学生家长　王志国）

助读活动记录

这个周末，“天涯海角心连心”助读团队分三组到商河县郑路镇开展活动：3月18日，刘伟老师和我分别带队到武集小学、张庙小学助读；3月19日，高惠燕老师带队到明德小学新建的两个书屋助读。之前团队做了详细计划，王海兰老师不仅精心选择了本次助读内容——日本作家金子美铃的童谣、绘本《驴小弟变石头》，还自己掏钱购买了20册绘本。

3月18日早上七点，刘伟老师带队的实验中学老师、学生及家长一行19人自驾到武集小学的5个书屋；我和育明小学四年级家委会的曲老师、聂老师带队，一行53人乘大巴到张庙小学的11个书屋。

到达张庙小学时，党校长和11个书屋的家长已在等候了。一下车，书屋家长分别把助读小组带向各自的目的地。我和党校长则走访了大袁村、高邱站、乔李石、南苏、兴隆等书屋。

正值农忙季节，书屋周边的田野里到处是忙碌的村民。当我走进书屋时，却发现里面有很多家长，尤其是新建的南苏书屋，所有家长都到了。大袁村的袁毅妈妈在书屋值班，袁毅爸爸在地里浇田，还抽空开车接送助读团队成员；兴隆村的刘云霜妈妈带着三年级的女儿、一年级的儿子在书屋里读书。家长们认识到孩子阅读的重要性，理念上认同、行动上支持，这是非常让我感动的。

党校长制定了书屋活动方案，保证了书屋运行的系统化、正规化。走进书屋，虽然有的条件简陋，但都井然有序，图书目录、捐书目录、借阅记录、家长值班表一应俱全。党校长在走访中及时发现问题、解决问题，给家长以鼓励，并协调书屋所在村委会帮助解决实际困难，和村民们亲如家人。

育明小学的学生、家长们为张庙小学带来了礼物，捐赠了书籍，进行了精彩分享，和书屋的小朋友开展了互动活动，并一起到田野里采风。双方收获颇丰，分离时都恋恋不舍。

午饭后，我们和育明小学的家长们进行了座谈，大家表达最多的就是对书屋小朋友以读书为乐的赞许，对党校长严谨、认真的工作态度的敬佩，对书屋家长热情付出的感动。大家感觉通过助读学到了很多，纷纷表示以后一定会再来。

阅读，是润物细无声的长期工作，它架起了爱的桥梁，开启了一条通向美好未来的旅程。

欢迎更多的爱心人士加入“天涯海角心连心”助读团队。

（迟丽波）

愿做灯塔

时光飞逝，转眼间母亲离开我一年了。

母亲的一生有哪些宝贵的品质值得我学习呢？每想及此，顽强、坚毅、乐观、爱心……这些词和那些相关的故事就会浮现在脑海里。

从小到大，妈妈很少说教，她总是说自己口才不好，不如爸爸，加之因为脾气好，我不太怕她，所以即便她“啰唆”我也不听。后来我才渐渐悟出一个道理：身教看上去没有那么轰轰烈烈、大张旗鼓，但是影响力一点不差，甚至更好。

妈妈虽然文化程度不高，但是有两点对我影响极大：第一，不向困难低头；第二，她是个很好的倾听者。

所以在我看来，我们不需要抱怨孩子没有好的阅读习惯，我们只需要自己捧起书本。我们不需要凡事都冲着孩子大吼大叫，我们只需要听他们把话说完。共情，是提高情商的最好办法。

随着年龄的增长，孩子们越来越不需要“假大空”的说教，他们需要有高度的指导。这个高度，应该是给予他们方向、目标、动力和百折不挠的精神，而不是“这个题应该这么做”“上课要好好听讲”一类的老生常谈。再进一步，我们要“树人”，而不仅仅是瞄准考试这种眼前的目标。

其实到了高中，孩子们一般都会对自己的未来有所规划，多少清楚一点自己想要的是什么。而人一旦准确获得了来自内心的声音，就会为了实现这个目标而不懈地努力。然而，现实是十之八九的孩子往往只把目光聚焦在一次次考试的分数上，因为这是他从小到大生活幸福坐标中的唯一指数，而当被问及到底想干什么的时候，回答基本是玩游戏、吃大餐和睡觉。平时偷偷玩游戏所带来的快感，严重遮挡了他们去发掘自己内心声音的视线。为什么玩游戏呢？因为它能让玩家获得立竿见影的成就感。《精进》一书告诉我们，“多做长半衰期的事情，少做短半衰期的事情”，打游戏就属于后者。快感转瞬即逝，取而代之的是自责与空虚；为了逃避，就要打更多的游戏来消除内心的空虚，周而复始，恶性循环。

仅仅盯着成绩，生活是枯燥乏味的。枯燥久了，成绩又不好，眼睛又看不到别处，厌世就很正常了。

反之，如果格局足够大、维度足够多，那么小家伙们的世界应该会是丰富多彩的，小小年纪就自然不会厌世轻生。

作为一名高中教师，这些年我见过太多太多资质优异却失去学习甚至生活动力的孩子，他们大多缺乏爱，缺乏来自父母的爱。

你可能觉得我夸大其词，哪有父母不爱孩子的？而我说的爱是无条件的接纳，是没有成绩好、弹琴好、画画好等前提条件的爱，这在现在如此浮躁的社会中是很难做到的。因为这样的爱，短期内往往只能收获一个“平庸”的孩子，在一群“超常”儿当中默默无闻；但恰恰是这种无条件的接纳，才能让孩子有勇气做自己，才能让孩子身心健康地走好属于自己的路。当然，这样的爱不是放纵，基本的做人准则是必须严格遵守的。

提供这样的爱，是需要家长有格局、有情怀的。就像《人民的名义》中赵东来对陆亦可说的：“一个带刺的、很难驾驭的女人，需要一个大格局的男人与之相配。”同理，一个有思想、有主意的孩子，也需要有格局的爸爸妈妈与之相配。

格局从哪里来？日常生活经验很重要，读书的习惯也很重要。生活经验好比一头乱蓬蓬的毛发，需要借助书本中的思想去梳理、提高、提纯。腹有诗书气自华，沉淀多了就会提升自己认识问题的高度。当我们谈吐不凡的时候，旁边那个耳濡目染的小家伙水平也不会太低。

跟着高老师去商河助读，我看到的是热切渴望知识的一双双眼睛，但同时也看到了口头语不离嘴的一些家长。可以想见，一周一次读书会的作用对于这种家庭长大的孩子是微不足道的。

仅靠助读是远远不够的，我们需要更多求上进、有高度的父母一起并肩作战，提升自己，影响孩子。

愿意加入吗?

条件很简单：读书，写摘抄、读后感、推荐词，共享资源。争取让我们提升的速度能追得上孩子们成长的步伐，把自己打造成灯塔，照亮孩子前进的方向。只要方向对了，剩下的事他们自己就会做好。通过这样的方式交流提升，我们可以共同进步!

（山东省实验中学　高月鹏）

一起去做一件美丽的事情

想想三年前考威海老师的时候，我抽到这样一个问题：“你为什么选择教师这个职业？”这对我来说就像是上天的眷顾，因为我有太多感受、太多话想说了。想想我从小学到大学到工作，期间每一个阶段都遇到了生命中的贵人。

起初，我在农村小学上学，班主任夏老师看我妈妈每天骑自行车送我不容易，就主动提出带我上学。自此夏老师和曲老师（学校体育老师，夏老师的老公）每天就骑着摩托，把我夹在中间上学放学，像对待自己的孩子一样。后来，初中数学老师兼年级主任刘老师总是给我买一些学习资料，并抽空义务补习功课。高中的时候，班主任“勇哥”组织我们几个同学出去旅游，总是悄悄地把我那份钱交

平阴支教

上，我还他钱他怎么都不要。是他带我第一次去了北京、青岛、大连、烟台，见识了外面的世界，让我对未来充满了希望和憧憬。大学的时候，我经常逃课去新东方做兼职，可辅导员司老师没有怪我，反而支持我多出去看看，别在学校里死盯着课本。现在想想，大学时我最大的提高之一就来自新东方锻炼的两年，这也为毕业后能成为一名教师奠定了基础。小学到大学这十来年，我在每个阶段都遇到了非常优秀的老师。这也是我选择教师这个职业的缘由，我喜欢孩子，我希望能够把这份正能量传递下去。

工作后，很幸运能和高老师分到一间办公室，三年来一直被她的大爱、她的善良、她的质朴感动着。高老师经常周末去农村支教，2016年初又开始和爱心人士共建书屋，隔周去书屋陪孩子们读书。越来越多的孩子在爱心人士的引导下爱上阅读，学会阅读，受益于阅读。我想，当初我从我的老师们那里收获了那么多，现在也应该为孩子们、为教育做一点事，所以我就报名参加了山东省教育厅组织的乡村支教活动。

去平阴支教前，我有点胆怯，因为授课的对象是老师，而且大多数比我年长，但还是很希望去感受一下。3月10日周五下午我们从济南出发，同行的有很多音乐老师、美术老师。到达平阴后，我和两位同事一起讨论第二天的课程，一直备课到晚上11点才休息。

第二天早上刚到平阴二中——支教的学校，就发现很多老师已早早在等候了。因为上次上课的是经验丰富的高老师，而这次是工作才三年的我，真担心压不住场子。进入教室，发现大家都在认真地朗读上节课的作业，而且都很热情，终于松了口气。

简单自我介绍后，我先带着大家复习了上节课的内容，通过几个绕口令练习了一下语音当中连读失去爆破等现象。所有老师超级认真，细心地做笔记；回答问题时，都像学生一样起立回答，甚至有位怀孕7个月的老师也这样，我请她坐下，她却笑着说没事。

下午我们分享了记忆词汇方面的趣事，大家踊跃发言。有位老师说有的小学生分不清she和he，她就告诉孩子们，男孩比较懒、不洗脸，所以he的发音类似“黑”，而she中的s就像女孩的马尾辫。当然还有其他老师分享的巧妙记单词的方法，我以后教孩子时也可以用到。

其实，我在教课的同时也从这些老师身上学到了好多，特别是他们的学习态度。下课时大家的一句“谢谢老师”让我非常感动。虽然备课要花好几个小时，虽然去支教我放弃了周末休息，但我收获了快乐、感动和幸福。从农村教师的眼神中，我也看到了他们对孩子的爱，也不由得想起当初给予我那么多帮助的夏老师、刘老师、“勇哥”、司老师，我要把从他们身上收获的爱和感动传递下去。

能成为一名老师，能和孩子在一起，能和那么多爱心人士同行，我很幸福。

期待下一次的支教。

（山东省实验中学　江丹丹）

与春天有个约会

争看漫画书

阳春三月，鸟语花香，很高兴能参加高惠燕老师组织的商河助读活动。一直被高老师的大爱感动着，她创建的公益助读团队一直行走在助读的路上。做一件事不难，难的是一直坚持做一件事，无怨无悔……这个周末，也因此次活动而变得与众不同。

9点钟到达商河县郑路镇，红色的瓦房、绿油油的麦田让人心情舒畅，王校长和家长们早已等候多时。我负责的书屋在芦坊，由王校长载我们前去。

简单自我介绍后首先介绍了读书的重要性，随后分享了美国著名儿童小说家威廉·史塔克的《驴小弟变石头》、金子美铃的童谣作品《露珠》《小石头》等，一声声清脆的读书声成为乡村的音符……同行的省实验高一2班的杨刘佳同学及其家长给小朋友们带来了精彩的西游故事，妙趣横生的语言引人入胜，他们捐赠的30多本漫画书更是让小朋友们着迷。

…………

上午的时间过得很快，分别之际，孩子们用响亮的童音告诉我："老师，欢迎您下次再来！"

瓦房、杨树、麦田、稚嫩的笑脸，让我想起了自己的童年。经济条件、家庭环境可以导致教育资源的差异，但改变不了对知识的渴望。孩子们，真心希望你们"立身以立学为先，立学以读书为本"，用行动书写自己，用书籍浸润心灵！

（山东省实验中学　杨建慧）

"全家福"

小讲台成就大舞台

参加爱心助读活动的孩子们，学业这么繁重，还能拿出多半天甚至一天的时间，真的很不容易。不过，经历就是财富，付出就有收获。为了让每次助读都能实现真正意义上的多赢，特提出以下四点建议：

一、学习做一名小朋友喜欢的老师。站在讲台上你就是老师，要有自信，要相信自己是最棒的！助读之前要备好课，准备的内容要适合书屋小朋友的年龄特点；把握不大的情况下，要多准备几套方案、几种预设，这样可以让你在面对突发情况的时候不至于手忙脚乱。助读中，要多给书屋小朋友发言的机会，把关注点放在小朋友的身上。毕竟，小朋友才是书屋真正的主人。

课堂上，你的一举一动对小朋友都是一种影响和引领。要注意语速适中，让自己的语言简洁明了、表达规范，要动作自然、面带微笑，同时注意观察小朋友的反应，及时调整自己的教学策略、表达方式。要经常想想小时候你最喜欢什么样的老师，模仿着做就好。

二、学习做一名真实的、会讲故事的老师。课堂中的放松会让你真实，而真实是最能打动人的。可以讲讲自己小时候的故事，分享自己写过的小文章，介绍自己的成功学习方法，聊聊自己最感兴趣的书籍，介绍几个有关读书的小故事，抑或自己成长过程中难得的经历、遇到的良师益友。要真情表露，分享细节，让小朋友们记住一个有特点的你。

三、学习做一名会赏识学生的老师。在做真实自己的同时，要关注小朋友的表现，尊重每个小朋友的需求，还要照顾整个课堂。要善于发现小朋友身上的亮点，及时给予肯定和鼓励，比如一直专注听讲的孩子，积极发言参与的孩子，善于肯定别人优点的孩子，待人有礼貌的孩子……记住：你的每一次称赞，都是让这个孩子变得越来越好的动力。

最美的遇见

关注细节，还体现在你的教学设计和准备上。比如：对读的要求应有层次——一首小儿歌应该先读通读顺，没有不认识的字了，再要求读好；问题的设计是否准确、明了；小朋友回答问题时你是否在用心倾听，并能给予必要的指导帮助；你的板书是否经过设计。教育教学的真正魅力，就体现在细节上。

四、学习做一名能把控节奏的老师。书屋的小朋友年龄不一、性格不同，再加上一般周末都有家长在场，他们比较容易浮躁。组织好这样的课堂是有难度的，助读要想真有效果，必须让小朋友们能平心静气地坐下来，沉下心，稳住神；所以助读中每个环节的安排都很重要，要动静结合、劳逸结合、张弛有度、寓教于乐。

书屋的讲台不大，但你内心的格局要大，因为你们最终都是要走上人生大舞台的。

（济南市大明湖小学　王海兰）

青春恰自来

——助读材料编写小结

德国哲学家雅思贝尔斯说过：“教育就是一棵树摇动另一棵树，一朵云推动另一朵云，一个灵魂召唤另一个灵魂。”两周一次的助读，就像树与树的交流，也像云与云的对话，虽然每次只有短短的两三个小时，但依然想把最好的东西留给当地的孩子们。因为坚信，“曾经读过”和“从未见过”是区别很大的。

怎样充分利用好两三个小时的时间，既尽量减轻学业繁忙的高中生助读者的备课负担，又能让当地的小学生切实学有所获？高惠燕老师为助读团队课程指导小组的成员购买了相关网课和书籍。在此基础上，我结合自己在语文教学中开展多年的“乐阅读”实践活动，从为孩子们推荐的阅读书库中精心筛选，编写出了符合儿童心性特点、富有童趣的助读材料。

考虑到给小老师以自由发挥的空间，助读材料不宜超过两页纸，所以每次筛选总是斟酌再三，每次编写总是精益求精，希望每一篇助读材料都能承载一份美好的希望，共同构筑起心灵的港湾。

带着美好的期许，一路前行，梳理一年多来的助读材料，不觉已有近三十篇约五万字，大致可以分为以下四方面内容：

一、传统节日和名人纪念日

主要包括传统节日的来历、相关小故事或者节气的特征。一年来相继介绍了春节、元宵节、清明节、端午节、元旦等节日。

由于父母大都外出打工，乡村的孩子一般跟着老人生活，对传统节日、文化习俗了解不多，因此我们利用助读的机会开展了传统文化教育。在安徒生纪念日还介绍了世界儿童图书日知识，让孩子们认识到书籍是通往社会的窗户，是黑暗中的萤火虫，帮助他们学会睁开眼睛看世界。

二、与季节、节气相关的诗词

唐诗宋词等传统文化经典，是必不可少的助读内容。我们根据助读时的相应季节、节气选择适合的古诗词，并组织了“梅”“月”“清明”“端午”等专题。比如描写“梅”的古诗：既有王安石的“墙角数枝梅，凌寒独自开”，又有王冕的“忽然一夜清香发，散作乾坤万里春”；既有陆游的“无意苦争春，一任群芳妒”，又有毛泽东的“俏也不争春，只把春来报”……

读古诗、悟诗情、绘画面，孩子们普遍对手绘古诗的活动非常感兴趣。你读一句，我画一笔，边读边画边悟，寓教于乐。如在学习马致远的《天净沙·秋思》时，孩子们用稚嫩的笔触画“枯藤老树昏鸦，小桥流水人家，古道西风瘦马。夕阳西下”，随着画面的逐渐呈现，结合小老师的写作背景介绍，孩子们对“断肠人在天涯”有了更加形象、深入的了解。

三、朗朗上口的童谣、诗歌

孩子是天生的诗人。诵读专门为孩子们创作的诗歌，感受语言文字的韵律之美，既能帮助他们提升对文字的敏感性，又可以启发丰富的想象力。

《声律启蒙》《渔翁对韵》《蝴蝶和豌豆花》《向着明亮那方》《一个孩子的诗园》……一本本诗集悄悄在孩子们心头绽放；冰心、金子美铃、泰戈尔、顾城、任溶溶……一位位诗人慢慢走进孩子们的世界；《纸船》《九月》《我是草莓》《树》《在森林里》……一首首或深情或俏皮的诗歌让孩子们的心灵更加柔软。

“有一张树叶子没站稳/给风一笑/掉下来了/小妹妹连忙跳过去/把叶子捉住，问它：/风呢？/叶子红起脸孔说：/我也不知道！”（圣野《捉迷藏》）这样朗朗上口、富有童趣的儿歌，无疑使孩子们的感情更加细腻、生命更有质地，让他们能够更加美好地生活在当下。

对于有较强模仿性的儿歌，助读时则积极鼓励孩子们在充分诵读的基础上进行仿说或续说。通过这样的练习，语言训练的目的便水到渠成地达成了。

四、经典绘本故事和童书

来书屋参加活动的孩子以低年级学生居多，而低年级正是培养阅读兴趣的最佳时期。鉴于此，每次在编写助读材料时我们总会安排绘本：《花婆婆》《我爸爸》《我妈妈》《驴小弟变石头》《逃家小兔》《爷爷一定有办法》……孩子们翻阅着精美的绘本，思绪随着故事情节的展开而放飞。

针对中高年级学生，每次则重点推荐一本好书：《了不起的狐狸爸爸》《尼尔斯骑鹅旅行记》《柳林风声》《海底两万里》《木偶奇遇记》……好书似友，遇见就会不同，孩子们浸润在淡淡的墨香中，相信长大后会呈现出别样的风采。

苏霍姆林斯基说过，一个孩子走进学校并不意味着接受教育，只有当他面对一本书沉醉不已时，教育才刚刚开始。

伴着原野中的春夏秋冬，播撒下书香的种子，畅想着乡村的满园春色，我们携手前行……

（济南市大明湖小学　王海兰）

附　录

助读书目

1.《花婆婆》
2.《猜猜我有多爱你》
3.《逃家小兔》
4.《驴小弟变石头》
5.《我妈妈》《我爸爸》
6.《了不起的狐狸爸爸》
7.《爷爷一定有办法》
8.《市场街最后一站》
9.《亲爱的汉修先生》
10.《罐头里的小孩》
11.《海底两万里》
12.《柳林风声》
13.《尼尔斯骑鹅旅行记》
14.《不一样的科学故事》
15.《德国百科：什么是什么》
16.《草房子》
17.《情绪管理》
18.《我想有只大蜥蜴》
19.《我的爸爸叫焦尼》
20.《熊爸爸的愿望树》
21.《带月亮的房子》
22.《米歇尔，一只倒霉的羊》
23.《飞天小魔女》
24.《鲁滨逊漂流记》
25.《秘密花园》
26.《给孩子们的诗》
27.《蝴蝶·豌豆花》
28.《一个孩子的诗园》
29.《安徒生童话》
30.《声律启蒙·笠翁对韵》
31.《田鼠阿佛》

“天涯海角心连心”助读团队大事记

2016年

2015年，在济南商河支教的山东省实验中学高惠燕老师萌生了支教助读的想法。她联系北京外国语大学出版社，为济南市商河县许商街道办事处中心小学捐赠了价值1万元的图书577册，同时为小学英语教师捐赠图书50册。2016年2月，山东省教育志愿者会议在济南召开，她个人的善行得到了其他支教老师的响应。高惠燕与淄博周村的王红燕、济南商河的张军和聊城东阿的邢爱青建立助读微信群。“天涯海角心连心助读团队”正式成立并制定了活动章程。一年内，他们为商河县郑路镇和菏泽牡丹区的十多所乡村学校累计捐书30000余册，组织活动30多次，助读成员由原来的4人发展到目前的200多人。

1月

山东省实验中学高惠燕老师联系北京外国语大学出版社，为济南市商河县许商街道办事处中心小学捐赠价值1万元的图书577册，同时为小学英语教师捐赠图书50册。

2月

《“天涯海角心连心”助读活动章程》出台。

济南匍柳一中、齐鲁私立学校、济南龙奥中学、山东迅吉安国际物流有限公司为商河县许商街道办事处中心小学、龙桑寺镇中心学校、郑路镇张庙小学捐赠学生用书8000余册。“天涯海角心连心”助读团队捐赠教师用书近300册。

3月

13日

“天涯海角心连心”助读活动正式启动，并向三所小学捐赠图书。上海市虹口区教育局局长常生龙为商河县千余“三名人员（名师、名班主任、名校长）”作《教学，因阅读而美妙》主题讲座。

3月底

“天涯海角心连心”助读团队接受北京外国语大学捐赠价值20万元图书、7万元点读笔、3万元《英语学习报》；山东迅吉安国际物流有限公司捐赠3000元；上海企业家张建君捐赠1万元。

助读团队走访商河县郑路镇张庙小学，决定将其作为助读对象，组织志愿者开展活动，每两周助读一次。

山东省实验中学高惠燕和荆红丽老师赴张庙小学进行活动。高惠燕老师为张庙小学家长作《家庭，因阅读而幸福》主题讲座，荆红丽老师为家长、学生普及毽球知识；高惠燕、荆红丽老师双双被聘为张庙小学校外辅导员。

4月

中旬，助读团队成员高惠燕、孔凡梅、汪纯佳赴菏泽市牡丹区穆之李小学，捐赠价值3万元的双语读物、300余册经典文学作品及60册教师用书。

助读团队接受山东省实验中学马庆溪老师捐赠《弟子规》2000册、“弟子规匾”2块。

世界读书日，上海企业家张建君到商河助读，分别在张庙小学、许商街道办事处中心小学作报告。

助读团队组织民情学情调研，民盟济南市委员会盟员李莉参与调研。

山东省实验中学2005级校友徐文昊归国休假期间参加助读活动，并举办讲座。

5月

助读团队邀请心理学家王立波老师为商河县千余名教师、家长作《儿童成长的密码》主题讲座。

天涯海角助读团队成员高惠燕、杨兴辉、杜敬之赴商河县白桥镇乡村小学参加活动并捐书近800册。

商河县郑路镇小石家书屋成立。民盟济南市委科技二支部荆婧寒等参与活动并捐赠书橱2个、图书近500册。

在商河县教体局协助下，济南市泉景小学、济南中学、济南市20中学、读者杂志社为商河县农村小学捐赠图书近6000册，商河全县启动“同读一本书”活动，县教体局、民盟济南市委领导出席活动启动仪式。

助读活动开始得到《生活日报》等媒体关注。

6月

商河县郑路镇武集小学小石家书屋搬进村委会办公地点。

商河县郑路镇大石家、李高曹等9个村庄建立爱心书屋。

山东省实验中学毕业生、济南市行知小学捐赠图书300册，并开展助读活动。

济南杨兴辉、马庆溪老师在郑路镇中心学校为家长作传统文化与家庭教育讲座。

“天涯海角心连心”助读活动阶段性总结及图书捐赠活动在商河郑路镇张庙小学召开。商河县教体局、民盟济南市委领导参加，《生活日报》记者跟访。

7—8月

张庙小学书屋暑期阅读活动由家长负责，校长督导进行。

山东迅吉安国际物流有限公司杨继坤带领山东省实验中学毕业校友及其子女到张庙小学开展助读活动。

“天涯海角心连心”助读团队组织村办书屋活动调研，《生活日报》记者跟访。

9月

“天涯海角心连心”助读项目参加北京师范大学教育创新研究院组织的公益教博会，反响良好。

张庙小学一年级开始绘本教学。

10月

济南商河郑路镇武集辖区解家、西刘桥书屋成立。

11月

“天涯海角心连心”助读活动总结会在商河县弘德礼堂举行。山东省教育厅副厅长张志勇、山东教育出版社总编辑陆炎参加活动。山东教育出版社捐赠价值5万元的图书。

《生活日报》记者、儿童阅读推广人赵世锋为张庙小学家长举办亲子阅读讲座。

齐鲁工业大学、济南市燕山小学、济南市胜利大街小学部分老师、家长参加助读捐赠活动。

12月

助读团队联合生活日报社、齐鲁工业大学、山东大学辅仁学校、乐乐趣童书推广人安宝妈妈等开展助读活动。

济南市行知小学赵金凤老师牵线，助读团队赴济南市大桥镇香王店小学调研。

2017年

据不完全统计，2017年，“天涯海角心连心”助读团队面向农村爱心书屋共捐赠新版图书10000余册，价值近12万元；募集、捐赠新旧图书5000余册；购置书柜90个，价值8000元；向济南市新入职教师赠书220本，价值7000余元；赴平阴县玫瑰镇、商河县郑路镇、天桥区大桥街道办事处、济阳县曲堤镇、淄博市周村区等地开展助读活动50余次，为家长举办讲座40余场，受益者数万人。

2017年8月，团队助读成果入选北京师范大学教育创新研究院组织的教育博览会，团队助读事迹被多家新闻媒体报道。

1月

在山东省实验中学王春晓老师的协助下，山东省实验中学2016级国际部“爱心助读小分队”着手建立并开始参加助读活动。

14日

济南市舜耕小学李秋真、梁英慧老师，山东师范大学附属小学赵琨老师，济南市十三中迟丽波老师等赴商河县郑路镇张庙小学、武集小学为家长举办讲座，开展书屋助读活动。

20日

“天涯海角心连心”山东省实验中学国际部同学分类整理库存的捐赠图书。

寒假期间，省实中国际部志愿者到张庙小学、武集小学辖区内的书屋进行助读，并为家长举办公益讲座。

2月

寒假期间，张庙小学12个村建立爱心书屋，武集小学东刘桥书屋、西刘桥书屋建立。

5日

助读团队组织张庙小学、武集小学学生游览大明湖，参观济南报业集团。山师附小赵琨老师、济南市泉新小学王纯佳老师及志愿者学生、家长陪同。

10日

商河县助读团队组织志愿者赴商河县郑路镇各个书屋开展助读活动。

18日

家庭教育专家王大龙老师应邀在商河县弘德礼堂为千余名家长作家庭教育报告。

张庙小学、武集小学书屋助读。山东省实验中学董美辉老师举办讲座。平阴县玫瑰镇副镇长带领刁山坡小学张岳校长等观摩。

济南市大明湖小学王海兰老师、济南市幼高专李蔚老师在商河县郑路镇孙家小学举办讲座。

19日

济南市天桥区大桥街道办事处香王店小学书屋建立并组织活动。

"天涯海角心连心"助读团队第一次核心成员会议召开。

3月

4日

商河县郑路镇明德小学季家书屋、郑家书屋、黄岭村书屋建立。王海兰老师、李蔚老师举办讲座，开展助读活动，助读点增加至四个学校。

23日

山东省实验中学举行学雷锋活动。省教育厅副厅长张志勇、山东教育出版社总编辑陆炎、济南市教育局副局长王品木等出席活动。雷锋生前战友乔安山及孙女乔婷娇作报告。高惠燕老师、助读志愿者代表冉昕平介绍“天涯海角心连心”助读活动。

山东教育出版社捐赠价值8万元图书和2万元现金。

助读团队成员高惠燕、刘伟、陈艳晶、韩梅赴平阴县玫瑰镇刁山坡小学调研。

24日

山东省实验中学国际部爱心助读QQ群建立。

4月

2日

世界儿童图书日，山东省实验中学89级5班校友组织商河助读活动。

9日

香王店小学助读。中科院专家陈钰教授和山东省第一届阅读推广人赵世峰老师走进济南天桥香王店小学举办科普讲座，助读团队捐赠价值2000余元的科普读物。

23日

世界读书日，“天涯海角心连心”助读团队走进平阴启动助读及图书捐赠仪式，山东省教育厅副厅长张志勇、山东教育出版社总编陆炎、济南市教育局副局长王品木、平阴县委县政府领导出席仪式。刁山坡小学5个书屋同时开展助读活动，山东省第一届阅读推广人、《生活日报》主编赵世峰老师，心理学咨询师杨立杰老师举办家长讲座。

商河县龙桑寺镇王寨村书屋成立。

5月

7—8日

母亲节，在平阴、商河各个书屋开展助读活动，捐赠绘本故事《我妈妈》等。

20日

走进张庙小学开展助读活动，组织田间研学，传承优秀传统文化。

28日

济南市舜耕小学师生到武集小学开展助读活动。

6月

助读团队向商河、平阴、天桥各书屋捐赠《不一样的科学故事》《德国少年百科全书》。

齐鲁师范大学刘利民老师在明德小学为家长举办家庭教育讲座。

26日

前往商河郑路镇张庙小学、武集小学、明德小学开展爱心书屋活动阶段性调研，山东省科学院孙培东老师参加。

30日

赵世峰老师在香王店小学举办讲座。

济南市舜耕小学党员到平阴开展助读活动。

7月

山东省实验中学温学琦老师在商河明德小学举办讲座。

北京马广海老师为商河县学生家长举办家庭教育讲座。

北京儿童英语绘本教学专家朱海玉老师举办英语学习讲座，赠书200余册。

8月

6—9日

举办商河助读、徒骇河游学活动。

19—23日

助读团队参加北京师范大学教育创新研究院组织的教育博览会。

25日

考察德州市临邑三中。

9月

17日

助读团队联合生活日报社、平安保险公司组织图书募捐活动，与济阳县曲堤镇姜集小学达成助读合作意向。

10月

14日

前往济南市济阳县姜集小学开展助读活动。

15日

联合山东师范大学外语系走进济南市长清区崮云湖大刘小学。

20日

联合山东师范大学心理学心晴工作坊走进济南市长清区崮云湖小学。

29日

山东省实验中学温学琦老师在明德小学举办讲座。

30日

助读团队接受山东省昌乐二中学生会公益组织捐赠图书2000余册，委托当地教育局转捐农村中小学。

11月

于商河郑路镇张庙小学组织家长骨干培训班并举办讲座。

临邑教育局原局长潘国英在张庙小学举办讲座。

18日

前往姜集小学开展助读活动。

12月

6日

作家李岫青走进香王店小学。

高惠燕、杨立杰、李磊老师在张庙小学、武集小学举办讲座。

9日

助读团队走进章丘，水寨中心小学书屋建立，《济南日报》捐赠价值2万元的图书。

23日

济南市景山小学开展捐书助读及图书捐赠活动。

北京典范英语课题组连艳普老师在姜集小学举办讲座。

24日

助读团队联合山东大学外语学院走进淄博市周村区东门路小学，与当地志愿者共同启动助读活动。

（注：济南市天桥区大桥街道办事处香王店小学助读活动上半年多由屈强老师负责，下半年多次由李哲、姜文浩妈妈等带队助读。）

后　记

高惠燕

酝酿了很久，等待了两年，这本书终于与大家见面了。

如果您觉得书中的文章真挚感人，不用对我进行赞誉，因为这些文章并非出自我手，而是参加助读活动的志愿者写的，因此请您为他们点赞；如果您认为有些文章的文笔、内容不尽人意，那就请您责备我，因为这些或长或短的小文都与我有些关联，我是活动最早的发起人之一。这也是我最终决定在本书前面写上我的名字并撰写后记的原因，我需要站出来表明：我为“天涯海角心连心”助读活动负责到底。

作为助读活动的发起人和“助读课程”的策划者之一，也作为这些文章的第一读者，首先，我为所有的作者点赞，不仅仅是因为他们的文章，更多是因为他们的行为带给社会的正能量。绝大部分的助读者是中学生，也有少数大学生、小学生和家长。济南的中学生，像全国各地的学生一样，面临着老师和家长的高期待，面临着高考的极大压力。每个周末，他们都有很多作业需要完成，或者想借机放松一下，然而，他们却选择了去书屋做小老师，引领陌生的弟弟妹妹读书。他们走出狭小的课堂，走向广阔的社会，因此学会了担当；他们走出城市，走向农村，因此学到了善良与爱；他们走出自我，走向他人，因此学会了理解与包容。他们在老师的指导下认真阅读助读书籍，潜心备课，先学后教。书屋内，他们引领孩子读书、制作手工；操场上，他们带着孩子做游戏、唱歌、运动。他们在为当地孩子带去知识的同时也丰盈了自我。互惠互利的活动让很多志愿者一次再一次地出发。

无论春夏秋冬，每次活动的出发时间基本上是早上6：30，而有的同学赶到集合地点就需要一个半小时的车程。就像王荣书同学所说的“我是真的喜欢”，不到一年，她就放弃了十余次休息时间，一次次奔向不同的书屋。有多少小朋友因这位大姐姐的到来而欢欣鼓舞，因她的引导而爱上了读书，我们不得而知。李昂、桑秉杰同学从高二开始参加助读，进入大学后又分别参加了学校社团，继续坚持到附近的农村小学支教。齐鲁工业大学的庄杰等同学每次都要赶乘从长清大学城开往济南市区的第一班公交车，然后换乘助读包车，但始终乐此不疲。正是他们的参与，农村的孩子们才有机会体验到了神奇的VR眼镜和机器人。

助读志愿者不仅是在做慈善，更是在播种。在引领读书的同时，更在小朋友心里播撒了仁爱、善良、阅读的种子，这些种子在贫瘠的农村社区、学校已经生根发芽并开出了花朵。许多书屋的家长表示，孩子自参加书屋助读活动后，就爱上了读书，变得更加懂事了。

曾有很多人问我：为什么要建立助读团队？为什么要不辞辛苦地带着助读者一次次下乡活动?

2014年，我参加了省教育厅组织的“农村薄弱学科教师技能培训”志愿者活动。在菏泽市郓城县送教期间，亲身感受到了农村师生因阅读少而出现的问题，因此萌生了捐书想法，后来也确实捐赠了一些书给上课的学员老师。随着了解和思考的深入，我发现仅仅捐书是远远不够的。农村的很多老师、家长并不了解怎么引领孩子读书。有不少农村小学的图书室是闲置的，除了应付上级检查外，大部分时间都是铁将军把门。加之很多青壮年外出打工、农村小学撤点，不少孩子成为留守儿童，部分孩子要到乡镇甚至县城学校就读，很多村子沦为了“文化洼地”。

阅读对人生的重要性，无论怎样强调都不为过。朱永新先生说：“家庭是最容易出错的地方，父母是最容易犯错的老师，读书是最容易被忽视的事情。”目前社会上的种种乱象，很大程度上与阅读的欠缺有直接关系；城乡最大的差异，一定程度上也是由阅读水平差异造成的。倡导全民阅读，是解决社会乱象、缩小城乡教育差距的最经济最有效的方法之一。“学习金字塔”规律又告诉我们，最高效的学习方式是“讲给别人听”。因此，为什么不组织城市的优秀孩子去农村引领小朋友读书，在帮助农村孩子的同时也督促城市孩子读书，以此营造“书香学校”“书香家庭”和“书香社区”呢？如果自己的想法是对的，为什么不去做呢？

2016年春节，身随心动，昭告朋友圈。感谢教育志愿者王红燕、张军、邢爱青和其他老师的加入，我们有了“天涯海角心连心”助读团队和后来不断丰富的“捐书”“讲座”“助读”等系列活动，有了这些基于活动的文章。

难以忘记团队建立伊始上海企业家张建君先生、上海虹口区教育局局长常生龙先生雪中送炭般的资助、讲座，难以忘记我之前的学生杨继坤先生对助读活动的大力支持，难以忘记远在海南的阿潘的微信红包，难以忘记省教育厅张志勇副厅长的鼓励，难以忘记山东教育出版社的大力支持，难以忘记许海峰先生的图书资助，难以忘记阅读推广人赵世锋老师、心理学家杨立杰老师、家庭教育专家王大龙先生、临邑县教育局潘国英老师为家长们举办的讲座，难以忘记阿莲的数次捐赠，难以忘记李民、孙磊、王纯佳、赵金凤等老师组织的图书募捐，难以忘记……

在本书出版之际，感谢助读团队课程指导王海兰、迟丽波、李蔚老师对助读书籍的选择、对教学材料的编写和对助读志愿者的悉心指导，感谢心理学屈强老师的精彩讲座，感谢高阳老师对助读公众号的管理，感谢乡村学校党春光、王寿民、晋登利等老师的协助支持，感谢刘伟老师对所有文章的校阅……

希望更多的人关注阅读和农村教育问题。希望更多的人加入教育志愿者的行列，共同引领孩子们读书。让书香弥漫世界，让阅读点亮人生。

（本文作者为“天涯海角心连心”助读团队负责人）